Michael Kerawalla

Mio-Jana

Gefahr, Erlösung und neue Wege

Michael Kerawalla

Mio-Jana

Gefahr, Erlösung und neue Wege

tredition

Die Bände der Mio-Jana Reihe:

1. Immense Liebe und Angst (illustriert)
2. Gefahr, Erlösung und neue Wege (illustriert)

Druck und Distribution im Auftrag des Autors:
tredition GmbH, Heinz-Beusen-Stieg 5, 22926 Ahrensburg, Germany

Print ISBN: 978-3-3840-2190-8
E-Book ISBN: 978-3-3840-2191-5

Für alle Liebenden

Inhalt

Rettung

Der Donnerstag verlief bis zum Abend wie gewohnt. Als ich jedoch mit meinen Eltern vor dem Fernseher saß, erhielt ich plötzlich eine Textnachricht von Jana. Beim Durchlesen bekam ich ein mulmiges Gefühl, das sich wohl auf meinem Gesicht widerspiegelte.

»Was ist los? Stimmt etwas nicht?«, fragte meine Mutter besorgt.

»Jana möchte nach der Arbeit noch vorbeikommen, weil sie ein großes Problem hat! Leider hat sie nicht geschrieben, um was es geht«, erklärte ich. »Ist das in Ordnung?«

»Natürlich darf sie noch vorbeikommen«, bestätigte meine Mutter nach einem kurzen Blickwechsel mit Paps.

Ich beantwortete kurz Janas Anfrage, dann setzte ich mich wieder zu meinen Eltern. Das mulmige Gefühl wuchs mit jeder Minute, wodurch ich den Abend nicht länger genießen konnte, sondern mir immer mehr Sorgen um Jana machte. Als ich schließlich gute Nacht zu meinen Eltern sagte, machte ich mich nicht bettfertig, weil ich nicht wusste, ob ich Jana eventuell noch irgendwohin begleiten musste. So saß ich mit ungutem Gefühl in meinem Zimmer, bis Jana einige Zeit später eintraf. Sie wirkte nervös und durcheinander. Als wir schließlich in meinem Zimmer saßen, sah Jana mich verzweifelt an.

»Clive muss Konkurs anmelden, weshalb er allen Mitarbeitern zum Monatsende kündigen wird! Dann kann ich meine Wohnung nicht länger bezahlen und sitze auf der Straße!« Jana begann zu weinen. »Was soll ich denn jetzt machen?«

Ich sah meine Partnerin entsetzt an. Dann nahm ich Jana in den Arm, worauf sie auch mich umarmte und leise weinte. Im ersten Moment war ich sehr geschockt und wusste nicht, was ich tun sollte, doch den ersten Schreck hatte ich schnell überwunden. Jana brauchte meine Hilfe, weshalb ich fieberhaft nachdachte, was ich tun konnte. Schließlich fiel mir nur eine Lösung ein, worauf ich Jana behutsam ein wenig von mir schob, um ihr in die Augen zu sehen. Ich streichelte ihr sanft über die Wange und sah sie aufmunternd an. »Keine Angst, wir lassen dich nicht im Stich! Irgendwie kriegen wir das schon hin. Paps weiß bestimmt, was zu tun ist. Er ist sicher noch wach. Sollen wir gleich mal zu ihm gehen und mit ihm reden?«, fragte ich sanft. Jana nickte nur, weil sie im Moment nicht sprechen konnte. Ich schenkte ihr einen warmherzigen Blick und gab ihr ein Taschentuch, worauf sie ihre Tränen notdürftig trocknete und sich kurz schnäuzte. Sie sah mich dankbar an, als ich mich erhob und ihr beim Aufstehen half. Wir fanden meinen Vater in der Küche vor einer Tasse Tee sitzend. Als er Janas verheultes Gesicht sah, erschrak er, stand auf, ging zu ihr und streichelte ihr über den Kopf.

»Oje! Was ist denn passiert?«, fragte er sorgenvoll.

Weil Jana immer noch nicht sprechen konnte, wiederholte ich, was sie mir zuvor erzählte.

»Oh nein! Ist es nun doch so weit gekommen! Das tut mir leid!«, meinte mein Vater bedauernd, zog einen Stuhl hervor, bat Jana Platz zu nehmen, setzte sich dann ihr gegenüber und nahm ihre Hand. »Keine Angst, da finden wir sicher eine Lösung! Wir lassen es ganz bestimmt nicht zu, dass sie dich auf die Straße setzen! Brauchst dir keine Sorgen zu machen! Ich rede morgen früh gleich mit Mira. Da fällt uns sicher was ein, wie wir dir helfen können! Nicht verzweifeln, das schaffen wir schon! Schließlich gehörst du doch jetzt zur Familie. Wir lassen dich nicht im Stich! Kopf hoch, das wird schon!«, versicherte mein Vater mit liebevollem Lächeln und streichelte Janas Wange.

Meine Partnerin bedankte sich gerührt mit rauer Stimme, während ich ihr über den Kopf streichelte. »Na siehst du, kein Grund zu verzweifeln!«, sagte ich beruhigend und schenkte ihr ein aufmunterndes Lächeln.

Jana warf mir einen dankbaren Blick zu. »Darf ich heute Nacht bei euch bleiben?«, fragte sie schüchtern.

»Sicher!«, antwortete mein Vater verständnisvoll nach einem kurzen Blickwechsel mit mir und erhob sich.

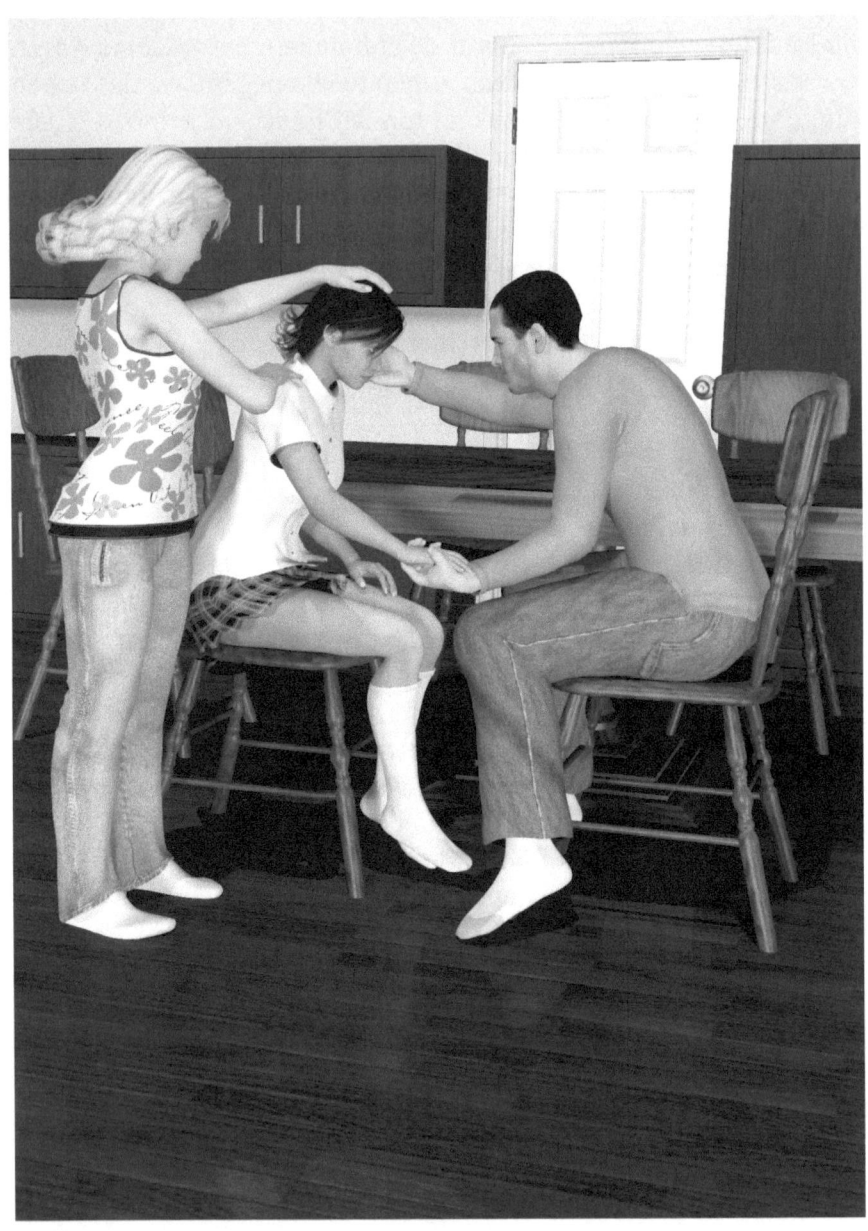

Jana stand ebenfalls auf, dann stiegen ihr Tränen der Rührung in die Augen, worauf sie meinen Vater rasch umarmte. »Danke, dass ihr immer so lieb und hilfsbereit seid!«, sagte sie schniefend.

Mein Vater nahm sie berührt in die Arme und streichelte Jana sanft. »Schon in Ordnung! Dafür sind wir ja schließlich eine Familie.« Als sie zu ihm aufsah, lächelte mein Vater gütig und streichelte Jana über den Kopf. Sie schmiegte sich nochmals kurz an ihn und löste darauf ihre Umarmung mit einem dankbaren Blick. »Dann geht ihr beiden mal schlafen und macht euch keine Sorgen. Wir schaffen das schon!«

Jana und ich bedankten uns und wünschten meinem Vater noch eine gute Nacht. Danach brachte ich meine Partnerin zurück in mein Zimmer. »Geht's dir jetzt besser?«, fragte ich besorgt.

»Danke, ja. Jetzt sehe ich wenigstens Licht am Ende des Tunnels!«, gab Jana erleichtert zu und sah mich nachdenklich an. »Du kannst echt froh sein, dass du so liebe Eltern hast!«

»Das bin ich auch!«, antwortete ich nachdrücklich. »Und ich freue mich, dass du nun auch in den Genuss einer angenehmen Familie kommst, so wie du es schon lange verdient hast!«

Jana sah mich gerührt an und umarmte mich. »Ach Mio, du bist einfach ein Schatz!«, meinte Jana mit einfühlsamem Lächeln und gab mir einen Kuss.

Ich schmiegte mich an sie und gab ihr ebenfalls einen Kuss. »Mein Engelchen!«, nannte ich sie liebevoll. So lagen wir uns einige Zeit in den Armen und genossen die gegenseitige Nähe, bis Jana beim Blick auf die Uhr erschrak. »Oje! Schon so spät! Dann sollte ich gleich duschen, sonst bin ich morgen nicht fit für die Prüfung.«

»Schaffst du das denn, nach der Hiobsbotschaft?«, fragte ich besorgt.

Jana nickte eindringlich. »Keine Sorge, das kriege ich schon hin!«

»Wirklich?«, fragte ich unsicher.

»Ganz bestimmt!«, sagte sie gerührt. »Ist ja die letzte Prüfung. Ich will das jetzt hinter mich bringen, damit ich wenigstens die Ferien genießen kann.«

»Verstehe! Dann machen wir uns mal bettfertig«, antwortete ich, suchte uns Wäsche und Schlafanzüge zusammen und begleitete Jana ins Bad, wo sie sich rasch duschte und ich mich erfrischte. Als sie aus der Wanne stieg und sich abtrocknete, sah ich sie schmunzelnd an.

»Was ist los?«, fragte Jana amüsiert.

»Siehst scharf aus!«, antwortete ich zwinkernd und sah sie bewundernd an, worauf Jana rot wurde. Da ich momentan auch nur einen Slip trug, ging ich auf sie zu, nahm ihr das Handtuch weg, umarmte sie und schmiegte mich an meine Partnerin. Jana tat es mir lächelnd gleich. So standen wir wieder in inniger Umarmung beisammen, streichelten und liebkosten uns, während wir die Berührung unserer nackten Körper genossen.

»Siehst auch scharf aus«, flüsterte Jana, worauf ich mich für das Kompliment bedankte. »Wenn du so weiter machst, kommen wir heute Nacht nicht zum Schlafen«, meinte Jana nach einiger Zeit.

»Hmmm«, summte ich scheinbar resigniert und ließ sie los, streichelte Jana aber noch kurz weiter.

»Dafür haben wir am Samstag die ganze Nacht für uns«, sagte Jana mit geheimnisvollem Lächeln.

»Würde mich freuen!«, gestand ich, sah sie genüsslich an und gab ihr einen Kuss.

»Mich auch!«, antwortete Jana immer noch lächelnd und gab den Kuss zurück.

So zogen wir uns schließlich wieder an und lagen kurze Zeit später aneinandergekuschelt im Bett.

»Danke, dass ich heute Nacht bei dir bleiben darf!«, sagte Jana schüchtern und warf mir einen um Verständnis bittenden Blick zu.

»Ist doch selbstverständlich! Wenn ich so eine schlimme Nachricht bekommen hätte, wollte ich auch nicht alleinen sein!«, versicherte ich und streichelte Jana über die Wange.

Meine Partnerin bedankte sich gerührt und schmiegte sich an mich. So lagen wir nahe beisammen, streichelten und liebkosten uns, bis wir schließlich sanft ins Traumland glitten.

*

Am nächsten Morgen war mein Vater schon aufgebrochen, als wir uns an den Frühstückstisch setzten. Zuvor hatte er jedoch mit meiner Mutter gesprochen, die Jana nun ebenfalls versicherte, dass sie sich keine Sorgen machen sollte, weil wir ganz sicher eine Lösung für ihr Problem finden würden! Jana bedankte sich auch bei ihr berührt, dann wurde es schon wieder Zeit aufzubrechen, weil meine Partnerin sich noch umziehen musste. Später, auf dem Schulweg, waren unsere Freundinnen zuerst von der Nachricht geschockt, dass Jana ihren Job und damit ihre Wohnung verlieren würde!

»Ist doch kein Problem! Dann ziehst du eben zu einer von uns. Für dich haben wir immer ein Plätzchen frei!«, meinte Pia lapidar. »So lange du uns nicht die Haare vom Kopf isst!«, fügte sie zwinkernd hinzu.

»Da wäre ich an deiner Stelle vorsichtig! Als Jana nach ihrem Krankenhausaufenthalt bei Mio wohnte, hat sie ganz schön zugenommen!«, zog Sue meine Partnerin auf.

»Gar nicht wahr!«, maulte Jana scheinbar empört.

Pia tätschelte Janas Bauch. »Oh doch! Der ist schon deutlich runder geworden«, meinte sie grinsend.

»Kann überhaupt nicht sein!«, polterte Jana und sah mit gespielter Scham an sich herunter. »Oder bin ich so verfressen?«

Wir wechselten schmunzelnd Blicke, enthielten uns aber eines Kommentars, worauf Jana scheinbar beleidigt eine Schnute zog, was uns zum Lachen brachte. So alberten wir weiter herum, um

Jana aufzuheitern, bis wir zur Schule kamen. Dort wünschten wir Jana noch viel Erfolg bei ihrer letzten Prüfung. Ich begleitete sie noch bis zum Prüfungsraum und drückte ihr die Daumen. Darauf ging ich zurück zu den Freundinnen, um bei den Vorbereitungen für das Schulfest zu helfen. Eine gute Stunde später kam Jana zu uns und versicherte, dass auch diese Prüfung gut gelaufen sei. Zwei Stunden später sollte sie die Ergebnisse ihres Examens erfahren, weshalb sie so lange unsere Arbeit unterstütze. Als es so weit war, gingen wir zu fünft zum Prüfungszimmer, wo uns der Rektor hereinbat. Dann übergab er Jana ihr Zeugnis.

»Herzlichen Glückwunsch zu den bestandenen Prüfungen und viel Erfolg im neuen Schuljahr!«, sagte Mister Taggart feierlich und schüttelte Jana die Hand. Wir applaudierten erfreut, worauf Jana sich verlegen bedankte. »Ich hoffe, du bist wieder ganz gesund!«, bemerkte der Rektor.

»Danke ja, mir geht es wieder gut!«, bestätigte Jana gerührt.

»Das freut mich! Dann wünsche ich euch noch ein schönes Schulfest und angenehme Ferien!«, sagte Mister Taggart an uns alle gewandt. Wir bedankten uns und kehrten anschließend in das Klassenzimmer zurück, wo wir noch einige Zeit bei den Vorbereitungen halfen, bis Jana nach Hause gehen musste, um rechtzeitig zur Arbeit zu gelangen. Wir begleiteten sie noch bis zur Haustüre und gingen dann ebenfalls nach Hause. Zur Entlastung meiner Mutter kümmerte ich mich den Nachmittag hindurch um meine kleine Schwester Ina, spielte mit ihr, las ihr Geschichten vor und nahm sie anschließend zum Spielplatz mit. Als wir nach längerer Zeit zurückkehrten, war mein Vater bereits zuhause und unterhielt sich mit meiner Mutter wegen Janas Problem. Nach dem Essen gesellte ich mich zu ihnen und machte einen Vorschlag.

»Jana wohnte doch nach ihrem Krankenhausaufenthalt eine Woche lang bei uns. Wäre es vielleicht möglich, dass sie zumindest vorerst bei uns einzieht, oder möchtet ihr das nicht?«, fragte ich unsicher.

»Das wäre im Moment wohl die einfachste Lösung. Ich habe nichts dagegen, sie bei uns aufzunehmen, aber bei deinem Vater musst du noch Überzeugungsarbeit leisten«, meinte meine Mutter schmunzelnd und zwinkerte mir zu, worauf ich mich lächelnd an meinen Vater wandte.

»Was! Noch'n Mädchen in unserem Haus! Kommt überhaupt nicht in Frage!«, polterte Paps. Sein Widerstand war natürlich nur gespielt, weil er mich aufziehen wollte. Mein Vater hätte Jana nie seine Hilfe verweigert, schon gar nicht in so einer gefährlichen Situation!

»Ooooch Paps! Dann hast du noch'n liebes, hübsches Mädchen in deiner Nähe!«, flötete ich mit verführerischem Augenaufschlag.

»Die mir dann auch wieder auf der Nase rumtanzt! Nee, nee, das geht gar nicht!«, konterte Paps.

»Jana ist ganz lieb, genauso wie ich, die wirst du kaum sehen und hören«, flötete ich weiter und lächelte fromm.

Mein Vater warf mir einen ziemlich skeptischen Blick zu. »Dazu sag' ich jetzt besser nichts!«

»Ach Paps! Jana ist auch ganz pflegeleicht!«, sagte ich und klimperte mit den Wimpern.

»Das wäre mir neu, dass Mädchen in dem Alter pflegeleicht sind!«, brummte Paps.

»Sie isst auch nur ganz wenig, wie ein Spatz«, versicherte ich, worauf sich meine Mutter kichernd in die Küche verzog. »Wenn wir sie nicht aufnehmen, muss sie da draußen hungern und frieren«, wobei ich das traurigste Gesicht machte, zu dem ich fähig war.

»Jetzt übertreibst du aber maßlos!«, gab mein Vater scheinbar genervt zurück.

»Nein, gar nicht! Dann ist Jana das ärmste Mädchen auf der ganzen Welt! Hungrig, einsam, ungeliebt und verstoßen!«, schniefte ich gekonnt, worauf die Mundwinkel meines Vaters verdächtig zuckten. »Nur du kannst sie noch retten!«, erklärte ich theatralisch. »Du würdest mich zum glücklichsten Menschen auf der ganzen Welt machen, wenn du sie aufnimmst. Komm Paps, gib dir einen Ruck!

Das Glück deiner Tochter muss dir doch am Herzen liegen!« Inzwischen hatte ich ihn umarmt und machte wieder ein trauriges Gesicht, wobei ich zur Verstärkung noch zweimal schniefte, was meinem Vater ein Schmunzeln entlockte.

Er stieß geräuschvoll die Luft. »Aaaalsoooo guuuut«, gab er schließlich resigniert auf. »Dann darf sie bei uns wohnen!«

Ich strahlte übers ganze Gesicht, gab ihm einen Kuss und drückte mich an ihn. »Danke Paps! Bist der Beste!«

»Sagt ausgerechnet die Tochter, die sonst immer meint, ich sei voll peinlich oder uncool!«, grummelte mein Vater.

»Das hab' ich doch nur ein oder zweimal gesagt«, erwiderte ich kleinlaut und gekonnt verschämt.

Wieder sah mich mein Vater skeptisch an. »Das ist jetzt aber sehr untertrieben!«

»Gar nicht wahr!«, maulte ich scheinbar empört.

»Oooh doch!«, konterte Paps, verstrubbelte mir lächelnd die Haare und gab mir einen Kuss auf die Stirn. »Frechdachs!«, brummte er mit liebevollem Lächeln.

»Na, hast du ihn überzeugt?«, fragte meine Mutter fröhlich.

»Hmmm!«, summte ich bestätigend und nickte intensiv.

»Gegen so viel weiblichen Charme hat man als Vater keine Chance!«, meinte Paps scheinbar kummervoll. »Und jetzt kommt noch ein Mädchen dazu! Oje!« In einer theatralischen Geste schlug er die Hände über dem Kopf zusammen, was Mama und mich zum Lachen brachte.

»Dann darf ich Jana sagen, dass sie bei uns einziehen kann?«, fragte ich hoffnungsvoll.

»Klar doch!«, versicherte mein Vater und meine Mutter nickte.

»Danke! Ist echt total lieb von euch!«, sagte ich erfreut und gab meinen Eltern jeweils einen Kuss.

»Wenn Jana einverstanden ist, können wir ja gleich morgen früh die Details besprechen«, schlug meine Mutter vor.

»Ich sag ihr gleich nachher Bescheid, wenn sie anruft, und frag'
sie, wann sie Zeit hat«, versprach ich.

»Ist gut! Dann haben wir bald noch eine Mitbewohnerin!«, sagte
meine Mutter fröhlich. »Ina wird sich auch freuen, wenn Jana bei
uns einzieht. Die beiden verstehen sich wirklich sehr.«

»Ich hoffe, das wird dir nicht zu viel!«, fragte ich meine Mutter besorgt.

»Keine Sorge, das geht schon«, antwortete Mama beruhigend.

»Ich helf dir auch, so gut ich kann!«, versicherte ich.

»Weiß ich doch! Das tust du doch schon die ganze Zeit! Keine
Sorge, das schaffen wir!«, meinte meine Mutter zuversichtlich.
Danach brachte sie Ina ins Bett, worauf wir uns noch einen
spannenden Krimi im Fernsehen ansahen, bevor ich meinen Eltern
eine gute Nacht wünschte und in meinem Zimmer auf Janas Anruf
wartete. Kurze Zeit später summte mein Smartphone und ich nahm
den Anruf an. »Hallo Jana! Wie geht's dir?«

»Ein bisschen deprimiert. Die Stimmung unter den Kollegen ist
ziemlich gedrückt, weil auch heute nur wenig Gäste kamen. Clives
Gesicht wird immer länger und er gibt allmählich die Hoffnung auf,
sein Restaurant doch noch zu retten«, antwortete Jana niedergeschlagen.

»Oje! Das tut mir echt leid! Ist ganz schön bitter für Clive, wenn
er sein Restaurant aufgeben und euch entlassen muss!«, antwortete
ich traurig.

»Allerdings! Das macht ihm ganz schön zu schaffen. Aber da
kann man wohl nichts machen«, meinte Jana.

»Sieht so aus«, stimmte ich zu. »Wenigstens habe ich gute Nach-
richten für dich! Mama und Paps sind damit einverstanden, dass
du bei uns einziehst!«

»Du meinst, ich soll zukünftig bei euch wohnen?«, fragte Jana
überrascht.

»Genau!«, bestätigte ich.

»Das ... ist natürlich ... total lieb von euch! Ich will euch aber
nicht zur Last fallen«, sagte meine Partnerin unsicher.

»Jana, was redest du denn da! Du fällst uns doch nicht zur Last! Du weißt doch, wie sehr meine Eltern dich mögen! Außerdem gehörst du doch schon längst zu unserer Familie! Selbst Ina würde sich total freuen, wenn du bei uns einziehst! Also mach dir keine Sorgen! Du fällst bestimmt niemandem zur Last! Im Gegenteil! Wir freuen uns alle, wenn du bei uns wohnst, vor allem ich!« Es folgte eine längere Gesprächspause. »Jana! Bist du noch da?«, fragte ich besorgt.

»Ja, klar!«, beeilte sich meine Partnerin zu sagen. »Ich ... bin nur gerade ... ziemlich überwältigt!«

»Verstehe!«, bemerkte ich erleichtert. »Darfst wirklich gerne zu uns kommen!«

»Danke! Das ist echt voll lieb von euch!«, sagte Jana gerührt.

»Keine Ursache! Außerdem kann ich dich dann noch öfter ärgern!«, zog ich Jana auf.

»Hab' ich befürchtet!«, konterte sie amüsiert.

»Willst du dann gleich morgen früh zu uns kommen? So können wir das zusammen mit meinen Eltern besprechen«, schlug ich vor.

»Gute Idee!«, willigte Jana ein. Dann vereinbarten wir noch die passende Uhrzeit.

»Soll Paps dich mit dem Auto abholen?«, erkundigte ich mich.

»Nein, muss nicht sein. Der Spaziergang zu euch tut mir ganz gut, sonst nehm ich nur noch mehr zu, wie Pia und Sue heute Morgen befürchteten«, antwortete Jana scherzhaft.

»Da könntest du recht haben«, gab ich schmunzelnd zu.

Jana brummte nur scheinbar verärgert, was mich zum Lachen brachte. »War ein ziemlicher Kampf mit Paps, bis er endlich zustimmte, dass du bei uns wohnen darfst, aber ich habe gekämpft wie eine Löwin!«, versicherte ich.

Nun musste Jana lachen. »Kann ich mir regelrecht vorstellen, wie ihr zwei euch im Nahkampf gegenüber steht!«

»Oh ja! Da ging es ganz schön heiß her! Doch diese Schlacht konnte ich für mich entscheiden!«, erklärte ich selbstbewusst.

»Dann bin ich ja beruhigt!«, sagte Jana amüsiert.

»Alles klar, dann kommst du morgen früh zu uns und wir reden über alles«, wurde ich wieder ernst.

»Mach ich!«, bestätigte Jana.

»Prima! Freue mich schon drauf!«, sagte ich fröhlich.

»Ich auch!«, gab Jana zurück. »Dann schlaf du mal gut! Gute Nacht Mio.«

»Gute Nacht Jana. Hab' dich ganz doll lieb!«

»Ich dich auch.« Sie schickte mir noch einen Kuss durchs Telefon, dann beendete sie das Gespräch. Ich streichelte ersatzweise mein Smartphone, legte es auf den Nachttisch und kuschelte mich fröhlich in mein Kissen. Schon bald würde Jana hier bei uns wohnen! Dann würde sie jede Nacht neben mir liegen! Ich konnte meine Freude darüber noch gar nicht fassen, weshalb ich länger wach lag und mir die schöne Zeit mit Jana ausmalte, bis mich irgendwann doch noch der Schlaf überkam und mir angenehme Träume von meiner Partnerin bescherte.

*

Auf einmal hatte Jana Freudentränen in den Augen! Ausgerechnet im Moment höchster Gefahr, weil Clive drohte insolvent zu werden, wurde Janas größter Wunsch wahr! Sie durfte bei Mio einziehen und damit zu einem vollständigen Mitglied dieser Familie werden! Wie sehr hatte sie sich das gewünscht! Sie knuddelte erfreut ihr Smartphone, gab ihm mehrere Küsse und sprach jedes Mal ein »Danke« dazu aus. Sie freute sich wie nie zuvor in ihrem Leben! Endlich in einer liebevollen Familie leben, zusammen mit ihrer geliebten Partnerin! Konnte es etwas Schöneres geben? Nein, es war auch kein Traum. Es war Wirklichkeit! Jana umarmte ihr Kissen, strampelte vor Freude und jubelte leise! Wie sollte sie nach solch einer guten Nachricht noch schlafen, wo sie doch am liebsten die

Nacht durchfeiern wollte. Für einen Moment überlegte sie, eine CD ihrer Lieblingsband zu hören, aber das würde um diese Zeit die Nachbarn stören. Also nahm sie ihren Zeichenblock und malte ein Porträt von Mio und ihrer Familie, wie sie gemeinsam auf der Couch im Wohnzimmer kuschelten. Dabei zeichnete sie sich auch erstmals selbst, wie sie in Mios Armen lag. Als das Bild fertig war, sah Jana es liebevoll verträumt an. Diese Szene würde sie hoffentlich in Zukunft häufig erleben! Dabei sah sie zufällig auf die Uhr und erschrak über die fortgeschrittene Uhrzeit! Sie sollte längst schlafen, sonst war sie morgen früh nicht einsatzfähig. Rasch legte sie ihren Zeichenblock und die Stifte beiseite, löschte das Licht und schmiegte sich an ihr Kissen. Ihre Vorfreude auf die kommende Zeit war jedoch so groß, dass sie trotzdem nicht gleich einschlafen konnte, weshalb sie sich zu Mio und ihren Eltern träumte, bis der Schlaf sie doch noch überkam und Janas Träume mitnahm.

*

Am nächsten Morgen stand Jana zur vereinbarten Zeit vor unserer Türe. Nach einer fröhlichen Begrüßung saßen wir zusammen mit meinen Eltern im Esszimmer und berieten die Lage.

»Die Sachen, welche du gerade nicht brauchst, können wir in unserem Keller aufbewahren. Dort ist genug Platz dafür. Deine Möbel müssen wir in einer Spedition lagern«, schlug mein Vater vor.

»Die Möbel müssen in der Wohnung bleiben, denn die habe ich möbliert gemietet«, entgegnete Jana.

»Das macht die Sache ja noch einfacher!«, bemerkte Paps. »Dann müssen wir nur deine Sachen einpacken und zu uns bringen. Dafür besorge ich euch heute mehrere Umzugskartons und Klebestreifen. Die bringen wir dann in deine Wohnung und ihr könnt schrittweise alles einpacken. Ich komme dann immer abends nach der Arbeit vorbei und transportiere die vollen Kartons zu uns. Zum Schluss putzen wir deine Wohnung und du gibst den Schlüssel an deinen Vermieter zurück. Wärst du damit einverstanden?«

»Ist dir das nicht zu viel, wenn du jeden Abend die Kartons mitnimmst?«, fragte Jana schüchtern.

»Nein, gar nicht!«, versicherte mein Vater.

»Dann könnte Jana eigentlich sofort bei uns wohnen, wenn nur noch ihre Wohnung ausgeräumt werden muss«, schlug Mama vor.

»Das wollte ich auch gerade vorschlagen«, bestätigte Paps.

»Ihr meint, ich soll gleich ab heute bei euch wohnen?«, fragte Jana überrascht.

»Ja klar, gute Idee!«, bekräftigte ich. »Du hast ja schon etwas Kleidung und Wäsche bei mir deponiert. Wir holen einfach noch deine restlichen Sachen in den nächsten Tagen hierher, während du bereits hier wohnst. Ist doch ganz einfach!«

Jana blickte uns verunsichert der Reihe nach an.

»Wahrscheinlich geht dir das jetzt alles ein bisschen zu schnell. Du brauchst dich auch nicht sofort zu entscheiden. Denk in Ruhe darüber nach und triff deine Entscheidung. Du bist uns auf jeden Fall jederzeit willkommen!«, sagte meine Mutter verständnisvoll.

»Danke! Das ist total lieb von euch!«, antwortete Jana gerührt mit feuchte Augen. »Ich hoffe, ich mache euch keine Schwierigkeiten.«

»Aber nein!«, versicherte meine Mutter, ging um den Tisch herum und streichelte Jana über den Kopf. »Du machst uns bestimmt keine Schwierigkeiten. Du kannst doch nichts dafür, dass du deinen Job verlierst. Wir lassen dich nicht im Stich und nehmen dich gerne bei uns auf, weil wir dich alle sehr mögen, das weißt du doch!« Jana stand auf und umarmte mit Tränen der Rührung meine Mutter, wobei sie einen leisen Dank flüsterte, während Mama sie an sich drückte und sanft streichelte. »Ist in Ordnung. Du gehörst doch schon längst zur Familie.«

Ich stand ebenfalls auf und streichelte Jana, während Paps uns alle umarmte. So standen wir eng umschlungen beisammen, bis wir die Umarmung lösten, worauf Jana sich die Augen rieb und kurz schnäuzte.

»Alles in Ordnung?«, fragte ich besorgt.

Jana nickte und brachte schon wieder ein schüchternes Lächeln zustande. »Also darf ich wirklich bei euch wohnen?« Jana konnte es kaum glauben.

»Ganz bestimmt!«, bestätigte Mama.

»Aber nur, wenn sie nicht zu viel isst«, zog Paps meine Partnerin auf.

»Also Josh, schäm dich! Du kannst doch die arme Jana nicht auf Diät setzen! Sowas aber auch!«, empörte sich Mama scheinbar verärgert, während Paps grinsend den Kopf einzog, was Jana ein Kichern entlockte. »Hör einfach nicht auf ihn!«, wandte sich meine Mutter an Jana. »Du darfst natürlich so viel essen, wie du willst!«

»Ist gut«, antwortete Jana vergnügt.

»Da fällt mir gerade ein: Lucy hat Anfang der Woche in der Schule nachgefragt, ob ihr jemand eine günstige Wohnung vermitteln kann. Ihre Eltern müssen aus beruflichen Gründen umziehen. Lucy will aber im letzten Jahr nicht die Schule wechseln und hier ihren Abschluss machen. Ich glaube, bisher hat sie noch keine Wohnung gefunden. Ich kann sie ja heute auf dem Schulfest mal fragen«, bot ich an.

»Das wäre prima! Dann hätte ich gleich eine Nachmieterin!«, rief Jana erfreut.

»Ich kann ihr ja anbieten, deine Wohnung mal zu besichtigen. Eventuell schon nächste Woche. Vielleicht gefällt sie ihr«, schlug ich vor.

»Würdest du das bitte für mich machen? Das wäre echt hilfreich!«, fragte Jana.

»Klar, kein Problem!«, versicherte ich, worauf sich Jana bei mir bedankte.

»Ist ja klasse! Dann hast du vielleicht schon bald eine neue Bewohnerin. Darüber wird sich auch dein Vermieter freuen«, meinte mein Vater erleichtert. »Besser kann's ja gar nicht kommen!«

»Allerdings!«, bestätigte Jana.

In diesem Moment klingelte es an der Haustüre. Mama öffnete. Es war Ina, die mit der Nachbarin vom Spielplatz zurückkam. Meine kleine Schwester begrüßte Jana erfreut. Als Ina erfuhr, dass meine Partnerin künftig hier wohnen würde, war sie total begeistert und auch Jana freute sich, zukünftig oft mit Ina zusammen zu sein!

Etwas später begleitete ich Jana zu ihrer Wohnung zurück, wo wir noch etwas Zeit zum Schmusen hatten, bevor Jana zur Arbeit gehen musste, während ich das Schulfest besuchte. Als ich meinen Freundinnen erzählte, dass Jana ab sofort bei mir wohnen würde, waren alle drei sehr erfreut, dass meine Eltern so hilfsbereit waren. Natürlich boten sie auch ihre Hilfe für den Umzug an, was Jana und mir die Arbeit erleichtern würde. Lucy war heute auch auf dem Schulfest und hatte bisher noch keine Wohnung gefunden, weshalb sie sich sehr über das Angebot freute, Janas Quartier zu besichtigen. Ich vereinbarte einen Termin am Montagnachmittag, so dass Jana und mir noch genug Zeit blieb, die Wohnung zu säubern und aufzuräumen. Einige Zeit später kehrte ich nach Hause zurück, um meiner Mutter beim Hausputz und beim Kochen zu helfen. Nach dem Essen verbrachten wir einen fröhlichen Abend mit Gesellschaftsspielen, bis ich meinen Eltern eine gute Nacht wünschte und auf Janas Rückkehr wartete. Mama hatte ihr einen Schlüssel gegeben, wodurch Jana künftig problemlos unser Haus betreten konnte. Kurz nach Mitternacht kam meine Partnerin in unser Zimmer, wo Jana und ich uns freudig begrüßten. Ich berichtete ihr von meinem Gespräch mit Lucy und dem vereinbarten Besuchstermin zur Wohnungsbesichtigung. Jana bedankte sich für meine Hilfe und ging noch rasch duschen, wonach sie nur mit einem Handtuch bekleidet zurückkam, das sie dann direkt vor mir fallen ließ und mich geheimnisvoll anlächelte. Es folgten erotische Stunden voller

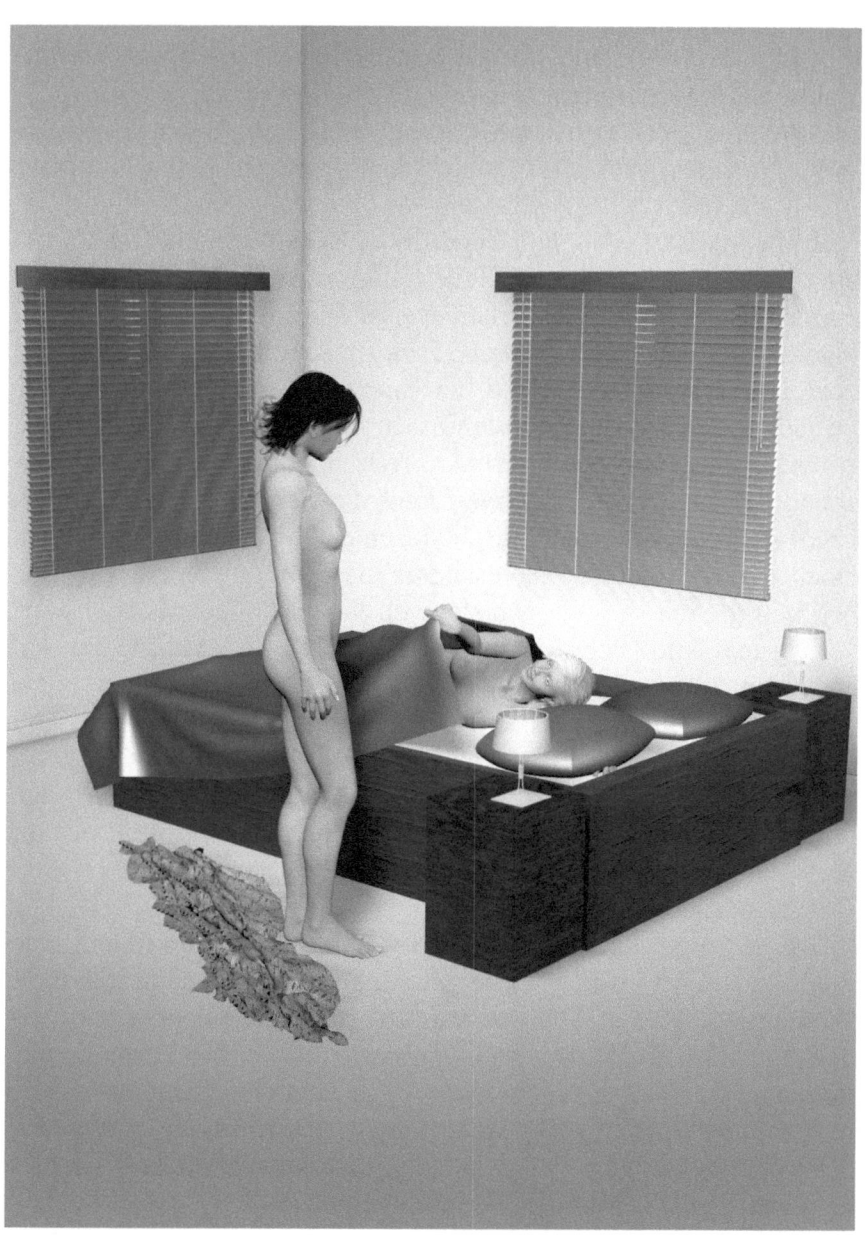

Zärtlichkeit und Wonne, bis wir beide schließlich selig ins Traumland hinüber wechselten.

*

Am Sonntagvormittag fuhr Paps uns zu Janas Wohnung und brachte die Umzugskartons mit den Klebestreifen mit. Wir besprachen noch einige Details unserer Vorgehensweise, dann fuhr ich mit meinem Vater wieder nachhause, während Jana zur Arbeit ging. Anschließend begleitete ich meine Familie bei einem längeren Fahrradausflug. Danach gingen wir gemeinsam essen und kehrten erst am frühen Abend zu unserem Haus zurück. Nach einem fröhlichen Fernsehabend wartete ich schließlich auf Jana, die wieder kurz nach Mitternacht zurückkehrte, sich rasch duschte und dann zu mir legte. Doch irgendetwas war heute anders als sonst. »Was ist los? Was beschäftigt dich?«, fragte ich sie, weil Jana sehr nachdenklich war.

»Sag mal Mio, stehst du auf Fesselspiele?«, erkundigte sie sich zögerlich.

»Eigentlich nicht. Wenn du es aber einmal ausprobieren willst, mache ich mit«, antwortete ich.

»Danke! Das musst du nicht«, sagte Jana verlegen. »Ich frage nur deshalb, weil Paula damals, als sie mich zwang, intim mit ihr zu werden, versuchte mich aufs Bett zu fesseln.«

»Was!«, rief ich erschrocken.

»Keine Sorge! Ich konnte es im letzten Moment verhindern, hab Paula aus Verzweiflung niedergeschlagen und bin dann aus ihrer Wohnung geflüchtet. Danach war ich total durcheinander und verängstigt, weshalb ich wohl nicht aufpasste und vor den Laster rannte. So genau weiß ich das nicht mehr«, gab Jana verschämt zu.

»Das darf ja wohl nicht wahr sein!«, schimpfte ich. »Was war denn das für ein gemeines Mädchen!« Dann sah ich Jana besorgt an. »Hat sie dir sonst irgendetwas angetan?«

Jana schüttelte den Kopf. »Nein, zum Glück nicht.«

»Oh Jana, das tut mir so leid, dass du mit Paula so schlimme Erfahrungen gemacht hast!«, sagte ich bedauernd, umarmte Jana und streichelte sie sanft.

»Ich hab' auch nicht geahnt, dass Paula so weit gehen würde. Das hätte ich ihr nicht zugetraut«, gab Jana zu und schmiegte sich an mich. So lagen wir eng beieinander, während ich meine Partnerin tröstete. »Sag bitte nichts zu unseren Freundinnen, sonst rastet Pia aus!«, bat Jana.

»Hast recht! Das behalten wir besser für uns«, stimmte ich zu.

»Bin echt froh, dass du nicht auf Fesselspiele stehst«, meinte Jana darauf erleichtert.

»Ich mag diese ganzen Sadomaso-Praktiken nicht. Das heißt nicht, dass ich es verabscheue. Wem es gefällt, der darf das gerne machen, aber ich finde kein Gefallen daran«, erklärte ich.

Jana hob den Kopf und begann zu schmunzeln. »So ganz stimmt das aber nicht.«

»Wie meinst du das?«, fragte ich verwundert.

»Du kitzelst mich gerne!«, bemerkte Jana und sah mit belustigt an.

Ich fühlte mich ertappt und sah sie verlegen an, wie ein kleines Kind, das man beim Bonbon stibitzen erwischte. »Das mache ich bloß ... weil du so ein süßes Lachen hast!«, redete ich mich zögernd heraus.

»Ach so ist das!«, meinte Jana amüsiert.

»Genau so«, bestätigte ich, wobei ich kurz verschämt den Blick senkte, was Jana ein Lächeln entlockte. »Und was ist mit dir?«, fragte ich schließlich herausfordernd.

Jana schien zu überlegen und begann zu grinsen. »Ich kitzel dich auch gerne!« Schon schob sie eine Hand unter mein Oberteil und kitzelte mich kurz, worauf ich kichernd zusammenzuckte.

»Dachte ich's mir doch, dass da eine kleine Sadistin neben mir liegt!«, brummte ich vergnügt.

»Aber nur ein ganz kleines Bisschen!«, versicherte Jana mit Hundeblick, was nun mir ein Lächeln entlockte.

Ich umarmte sie und gab ihr einen Kuss. »Bist trotzdem mein Engelchen!«, bestätigte ich mit liebevollem Lächeln.

Jana schmiegte sich erneut an mich und küsste mich hingebungsvoll. »Hab dich auch ganz arg lieb!« Darauf streichelten, liebkosten und küssten wir uns, tauschten Zärtlichkeiten aus und genossen die gegenseitige Nähe, bis wir glücklich nebeneinander einschliefen.

*

Am nächsten Morgen fuhr Mama mit uns in die Stadt, nachdem sie zuvor Ina in den Kindergarten gebracht hatte. Dort erstellte Jana einen Nachsendeauftrag, damit ihre Post zukünftig zu uns geliefert wurde. Anschließend ließ meine Mutter neue Schilder für die Beschriftung an der Klingel und am Briefkasten unseres Hauses machen, damit dort künftig auch Janas Name zu lesen war. Danach gingen wir noch zu unserer Versicherung, wo Mama Jana sogar in unsere Familienversicherung aufnahm, damit ihr der gleiche Schutz wie uns zuteil wurde, was Jana zunächst ziemlich verlegen, aber auch sehr dankbar machte. Darauf fuhren wir zu Janas Wohnung und erledigten den Hausputz, während meine Mutter Ina vom Kindergarten abholte und dann das Mittagessen zubereitete. Nachmittags gingen wir nochmals zu Janas Wohnung, um uns dort mit Lucy und deren Eltern zu treffen. Ihnen gefiel die Wohnung sehr gut und auch die Kosten waren für sie akzeptabel. So vereinbarten wir für nächsten Montag die Übergabe, damit uns noch genug Zeit zum Ausräumen blieb. Nach Lucys Besuch begannen Jana und ich ihre Kleidung und Wäsche in die Umzugskisten zu packen. Jana besaß nicht viel, weshalb diese Arbeit bald erledigt war, was uns Zeit zum Schmusen ließ, bis mein Vater kam und die gepackten Kartons samt uns Mädchen nachhause transportierte. Nach dem

Abendessen räumten Jana und ich die Kleidung und Wäsche, welche sie benötigte, in meinen Schrank ein, während Paps die restlichen Kartons im Keller lagerte. Anschließend kuschelten wir uns wieder auf dem Sofa vor dem Fernseher zusammen, bis Jana und ich meinen Eltern eine gute Nacht wünschten und schlafen gingen.

*

Am Dienstagmorgen standen Jana und ich schon früh auf und trafen uns vor ihrer Wohnung mit Sayu, die überraschend ihren Freund Steve mitbrachte. Der hatte von der Werkstatt seines Vaters einen Lieferwagen mitgebracht, was uns die Möglichkeit gab, auch Janas kleine Musikanlage, ihren Fernseher und ihren Laptop mitzunehmen. Meine Mutter hatte uns noch einige alte Zeitungen mitgegeben, mit denen wir nun Janas Geschirr und Besteck behutsam verpackten. Zur Mittagszeit waren wir mit der Arbeit fertig und Steve fuhr uns zusammen zum Haus meiner Eltern, wo wir Janas Sachen ins Haus trugen und größtenteils im Keller verstauten. Natürlich wollte Ina auch mithelfen. Sayu und meine kleine Schwester begrüßten sich freudig.

»Du bist aber gewachsen, seit ich dich das letzte Mal gesehen habe!«, sagte Sayu erstaunt.

Ina nickte bestätigend. »Ich bin jetzt schon ein großes Mädchen!«, antwortete sie stolz, was Steve, Jana und mich schmunzeln ließ. Sayus Freund übergab ihr anschließend eine Tüte mit Kosmetikartikeln, die Ina mit stolzgeschwellter Brust ins Haus trug.

Wir sahen ihr amüsiert nach. »Die ist ja süß!«, meinte Steve gerührt.

»Und schon ziemlich groß und erwachsen!«, ergänzte Sayu lächelnd.

»Und wie!«, bekräftigte Jana schmunzelnd, worauf wir meiner kleinen Schwester ins Haus folgten. Nachdem alles ausgeladen und verstaut war, versorgte uns Mama mit einem kräftigen Mittagessen.

»Wie geht es denn Cindy und ihrer Familie?«, fragte ich Sayu. Das elfjährige Mädchen war im Krankenhaus Janas Zimmernachbarin. Sie versorgte damals ganz alleine ihren schwerkranken Vater und ihren kleinen Bruder, was ihr jedoch während des Krankenhausaufenthaltes nicht möglich war, weshalb Sayu eingesprungen war, um Cindy zu unterstützen. Seitdem half sie bei der Pflege und Versorgung der kleinen Familie mit, um Cindy zu entlasten.

Sayu senkte traurig den Blick. »Cindys Vater geht es momentan sehr schlecht. Wahrscheinlich wird er nicht mehr lange leben. Deshalb haben Steve und ich uns dazu entschlossen, die beiden Kinder zu adoptieren. Steve hat gerade seinen Meister gemacht und wird demnächst die Werkstatt seines Vaters übernehmen. Der hat uns inzwischen eine größere Wohnung gekauft, damit die Kinder und wir genug Platz haben. Dann müssen Cindy und Joey wenigstens nicht ins Heim und ich kann mich um sie kümmern, während Steve arbeitet und uns versorgt. Die Kinder sind damit einverstanden und das Jugendamt wird uns auch unterstützen. Ich hoffe, dass alles gut geht.«

»Das hoffe ich auch!«, sagte ich erschrocken.

»Wird schon irgendwie klappen. Ich halte euch auf dem Laufenden«, versprach Sayu, während Steve einen Arm um sie legte und seine Partnerin sanft streichelte, wobei er ihr ein aufmunterndes Lächeln zuwarf.

»Wünsche euch noch alles Gute und viel Erfolg. Sagt bitte Bescheid, wenn ihr Hilfe braucht«, sagte Jana mit rauer Stimme.

»Danke, machen wir!«, antwortete Steve gerührt.

Wenig später verabschiedeten sich Sayu und ihr Partner, um Cindy und ihre Familie zu versorgen.

»Oje! Die armen Kinder. Es muss schrecklich für sie und ihren Vater sein, dass sie bald nicht mehr zusammen sind!«, sagte Jana traurig.

Ich umarmte Jana und streichelte sie sanft. »Oh ja! Ich darf gar nicht zu sehr darüber nachdenken, sonst könnte ich nur noch heulen!«, gab ich erschüttert zu.

»Wenigstens haben die Kinder danach bei Sayu und Steve ein gutes Zuhause. Ich find's toll, dass sie Cindy und Joey bei sich aufnehmen und großziehen wollen!«, meinte Jana.

»Sayu ist total lieb und Steve unterstützt sie, wo er nur kann. Ich glaube die Kinder könnten sich keine besseren Ersatzeltern wünschen!«, versicherte ich.

»Das glaube ich auch!«, bestätigte Jana und sah auf die Uhr. »Es wird allmählich Zeit, dass ich zur Arbeit gehe. Danke für deine Hilfe! Sagst du bitte deinem Vater Bescheid, dass er heute nichts mehr aus meiner Wohnung transportieren muss?«

»Klar! Ich schreib ihm gleich noch eine Textnachricht«, versicherte ich.

»Dank dir!« Jana gab mir einen Kuss und zog sich um, während ich meinen Vater informierte, dass heute kein Transport nötig war. Anschließend begleitete ich meine Partnerin noch zum Bahnhof und kümmerte mich danach um Ina. Der Rest des Tages verlief wie üblich. Jana war nach ihrer Rückkehr gedrückter Stimmung, weil der Zeitpunkt ihrer Entlassung immer näher rückte, und keine Hoffnung mehr bestand, dass Clives Restaurant doch noch zu retten war. Entsprechend traurig war die Gemütslage in der kleinen Garküche, der weiterhin immer mehr Gäste fernblieben.

*

Dank der Hilfe von Sayu und Steve waren wir früher als geplant mit Janas Umzug fertig, so dass an diesem Mittwoch nur noch die Endreinigung von ihrer Wohnung auf dem Plan stand. Dabei wurden wir tatkräftig von Pia unterstützt, die wie üblich etwas überdreht war, weshalb die Aktion von allerlei Albernheiten begleitet wurde.

Trotzdem war am späten Vormittag die Arbeit erledigt und ich lud Pia zum Essen zu uns nach Hause ein. Nachmittags machte sich Jana auf den Weg zur Arbeit, während ich mit Pia ins Kino ging. Als ich am späten Nachmittag zurückkehrte, kam mein Vater gerade von der Arbeit nach Hause, worauf wir gemeinsam zu Janas Wohnung fuhren. Nachdem sich Paps davon überzeugt hatte, dass die Wohnung ausreichend sauber war, brachten wir die Putzutensilien ins Auto und überprüften zusammen nochmals sämtliche Schränke und Regale, um sicherzustellen, dass wir auch wirklich nichts vergessen hatten. Doch es fand sich nichts mehr, so dass wir schließlich die Wohnung verschlossen und wieder nach Hause fuhren. Somit war Janas Umzug beendet, was uns die Möglichkeit gab, am Donnerstagmorgen mit Pia und Sue ins Schwimmbad zu gehen. Sayu hatte keine Zeit, weil sie sich um Cindy, Joey und ihren Vater kümmerte. Wir verbrachten mit unseren Freundinnen einen fröhlichen Vormittag, wonach uns Mama mit einer Einladung ihrer Mutter überraschte. Sie hatte zuvor mit Oma telefoniert und ihr von Jana erzählt. Darauf hatte Oma uns alle am Sonntag zum Frühstück eingeladen, weil sie Jana unbedingt kennenlernen wollte. Meine Partnerin und ich waren zunächst etwas verunsichert, weil wir nicht wussten, ob Oma unsere gleichgeschlechtliche Beziehung akzeptieren würde, doch Mama beruhigte uns und meinte, dass Oma kein Problem mit dieser Verbindung hätte und sich sogar darüber freute, dass Jana und ich uns fanden. Trotzdem hatten wir ein etwas mulmiges Gefühl, als wir am Sonntag zu dem Altenwohnheim fuhren, in dem Oma lebte. Die alte Dame freute sich sehr über unseren Besuch. Wie sich rasch herausstellte, hatte Oma tatsächlich kein Problem mit unserer lesbischen Beziehung und begrüßte auch Jana herzlich, worüber meine Partnerin und ich sehr erleichtert waren. Jana war zunächst etwas verunsichert, weil sie nicht wusste, wie sie Oma ansprechen sollte.

»Nenn mich einfach Josy, das tun hier sowieso alle«, meinte die alte Dame mit gütigem Lächeln. So saßen wir kurze Zeit später

beim Frühstück zusammen und plauderten fröhlich. Danach bat Oma Jana und mich ins Nebenzimmer. Dort übergab sie mir ein dünnes Büchlein. »Das ist für dich und Jana«, sagte Oma mit liebevollem Lächeln. Wie sich herausstellte, war es ein Sparbuch mit einer großen Geldsumme!

»Aber Oma! So viel Geld! Das kann ich doch nicht annehmen!«, sagte ich perplex.

»Oh doch, das kannst du! Schließlich werdet ihr demnächst erwachsen und ihr führt wahrscheinlich schon bald ein eigenes Leben. Das soll dir und Jana helfen, damit ihr euch eine Existenz aufbauen könnt.«

Ich sah Oma verunsichert an. »Hast du denn dann noch genug Geld?«

Josy sah mich gerührt an. »Keine Angst, mir reicht mein Geld allemal! Diese Wohnung und mein Begräbnis sind schon lange bezahlt. Ansonsten brauche ich nicht viel zum Leben. Mach dir also keine Sorgen, mir geht es gut und ich komme zurecht! Ich hatte ein gutes Leben und das sollt ihr auch haben! Mit diesem Geld weiß ich euch gut versorgt, damit ihr einen angenehmen Start ins Leben habt!« Josy lächelte Jana und mich gütig an.

Ich konnte nichts sagen und auch Jana hatte einen Kloß im Hals. Schließlich umarmten wir beide Oma mit Tränen der Rührung in den Augen und flüsterten einen leisen Dank.

»Schon in Ordnung«, sagte Oma liebevoll und streichelte unsere Wangen. Dann wandte sie sich Jana zu. »Pass mir gut auf diesen Frechdachs auf!«, bat Oma verschmitzt und machte eine Geste in meine Richtung, was Jana ein Lächeln entlockte, während ich kurz verlegen den Blick senkte.

»Mach ich!«, versprach meine Partnerin schmunzelnd. Dann kehrten wir wieder zu meinen Eltern und Ina zurück. Kurze Zeit später verabschiedeten wir uns von Oma. Nach einer liebevollen Umarmung wünschte sie Jana und mir nochmals alles Gute für unsere gemeinsame Zukunft, was uns sehr berührte, weshalb wir beide während der Rückfahrt größtenteils schweigend unseren Gedanken nachhingen! Paps brachte darauf Jana zum Bahnhof, weil sie zur Arbeit musste, und fuhr anschließend nach Hause. Ich war immer noch sehr bewegt von Omas liebevoller Hilfsbereitschaft und Akzeptanz, weshalb ich mich zuhause erst einmal in unser Zimmer zurückzog. Dort holten mich wieder angenehme Erinnerungen an meine Kindheit ein. Josy hatte mich oft im Krankenhaus besucht, spielte mit mir und tröstete mich, wenn ich einmal traurig oder verzweifelt war. Neben meinen Eltern war sie die wichtigste Person in meinem Leben. Deshalb freute es mich um so mehr, dass Oma mit meiner Beziehung zu Jana einverstanden war und uns sogar ihren Segen für ein gemeinsames Leben gab. Ehrlich gesagt hatte ich bisher nur die Zeit mit Jana genossen und mir keine großen Gedanken über die Zukunft gemacht, weil alles so einfach und schön war! Doch wir wurden beide bald volljährig und würden in einem Jahr die Schule abschließen. Natürlich wollten Jana und ich zusammen bleiben, weil wir uns so liebten und gut verstanden. Jetzt, während sie hier wohnte, waren wir uns noch näher gekommen und unsere Gefühle füreinander wuchsen mit jedem Tag, was wir beide sichtlich genossen. Doch was kam nach der Schule? Ich wollte Architekt werden, wie mein Vater. Jana hatte bisher jedoch noch keinen Beruf gefunden, der ihr zusagte. Sicher würden meine Eltern uns unterstützen, wo sie nur konnten, und Omas Sparbuch war ein zusätzliches finanzielles Polster! So liebevoll Josys Geschenk war, machte es mir aber auch klar, dass für Jana und mich die glücklichen, unbeschwerten Tage unserer Jugend bald vorbei waren! Wie würde es weiter gehen? Sicher konnten Jana und ich hier im Haus meiner Eltern weiter leben, bis wir uns selbst versorgen konnten. Doch eines Tages mussten wir das sichere Nest verlassen, um auf eigenen Füßen zu stehen. Würden wir es dann schaffen, zusammen zu leben, einen eigenen Haushalt zu führen und den beruflichen Alltag zu meistern? Hatte unsere Liebe Bestand über all das, was die Zukunft für uns bereithielt? Ich begann zu frösteln, weil mir klar wurde, dass alles später ohne die Sicherheit und Geborgenheit eines angenehmen, liebevollen, elterlichen Zuhause auf uns wartete! Ehrlich gesagt machte es mir sogar Angst, der Zukunft ohne meine lieben Eltern ausgeliefert zu sein! Auf einmal fühlte ich mich gar nicht mehr bereit, mich der Zukunft zu stellen, wollte lieber noch länger Kind sein, sicher und geborgen im Schoß meiner Eltern! Was war denn auf einmal los mit mir? Woher kam plötzlich diese Zukunftsangst? Sonst war ich doch auch eher selbstbewusst und nahm jede Herausforderung an, aber diesmal fühlte ich mich der Aufgabe nicht gewachsen! In diesem Moment hörte ich meine Mutter rufen.

»Mio, Essen ist fertig!«

»Danke! Komme gleich!«, antwortete ich. Diese Abwechslung war mir gerade recht. Hoffentlich vertrieb sie die düsteren Gedanken, die mich gerade marterten. So erhob ich mich und lief ins Esszimmer. Ich versuchte, mir nichts anmerken zu lassen, doch meine Mutter spürte durchaus, dass etwas nicht stimmte, und sprach mich an, als ich ihr in der Küche mit dem Geschirr half.

»Was ist los, Mio? Dich bedrückt doch etwas! Willst du darüber reden?«, fragte Mama behutsam.

In diesem Moment sprudelte alles aus mir heraus und ich ließ sie an meinen Gedanken, Nöten und Sorgen teilhaben. Meine Mutter hörte geduldig zu, dann nahm sie meine rechte Hand, streichelte sie zärtlich und sah mich liebevoll an.

»Es ist verständlich, dass dir die Zukunft Angst macht. Plötzlich aus der Geborgenheit der Kindheit und Jugend herauszukommen und künftig auf eigenen Beinen stehen zu müssen fällt niemandem leicht! Das ging auch Josh und mir so. Die Zeit des Erwachsenwerdens ist mit vielen Veränderungen verbunden! Auf einmal muss man nach der Unbekümmertheit des Schullebens nach einer

Ausbildung und einem passenden Beruf suchen, eine Wohnung finden, einen Haushalt einrichten und täglich neben dem Job meistern! So muss jeder seinen Platz im Leben und in der Gesellschaft finden, obwohl man doch noch so wenig weiß und kaum Erfahrung hat! Das ist wirklich nicht leicht und die Vorstellung, all dies meistern zu müssen macht verständlicherweise erst einmal Angst! Doch in deinem Fall ist diese Angst völlig unbegründet. Wir sind doch eine Familie und wir stehen dir und Jana natürlich auch weiterhin bei so gut wir können! Auch wenn ihr das heimische Nest eines Tages verlasst, sind wir trotzdem für euch da, so lange wir leben! Ihr könnt euch jederzeit an uns wenden und wir stehen gerne mit Rat und Tat zur Seite, egal ob Tag oder Nacht. Euer Zimmer wird stets für euch frei sein. Egal was euch auch immer passiert, ist hier immer ein Netz, das euch auffängt! Du und Jana seid niemals alleine da draußen. Auch wenn wir weit voneinander entfernt sind, bleiben wir doch eine Familie und helfen einander so gut es geht! Also keine Angst, wir sind immer an eurer Seite, so lange wir leben!« Mama zog eine brummige Grimasse. »Auch wenn die beiden Alten manchmal peinlich und uncool sind!«, fuhr sie zwinkernd fort, was mir ein Lächeln entlockte. Während ich noch kurz verlegen den Blick senkte, nahm mich meine Mutter in den Arm und streichelte meinen Kopf. »Mach dir keine Sorgen, du musst das nicht alleine meistern. Wir sind für dich und Jana da!«

»Ach Mama...«, brachte ich nur noch heraus und umarmte meine Mutter mit Tränen der Rührung in den Augen. So standen wir eng umschlungen beisammen, während meine Mutter mich sanft streichelte, bis ich meine Sprache wiederfand.

»Danke, dass ihr immer so lieb, verständnisvoll und hilfsbereit seid!«, flüsterte ich mit rauer Stimme und gab meiner Mutter eine Kuss auf die Wange.

»Dafür sind wir doch eine Familie«, antwortete meine Mutter mit liebevollem Lächeln und streichelte meine Wange. »Und jetzt

Schluss mit der Angst!«, brummte sie mit Verschwörermiene, was mich erneut lächeln ließ, während sie sanft die Tränen aus meinen Augen strich. »Geht's dir jetzt besser?«

»Danke! Schon viel besser!«, bestätigte ich erleichtert. Dann umarmte ich meine Mutter nochmals. »Hab dich ganz arg lieb, Mama!«

»Hab ich dich doch auch, Spätzchen!«, sagte meine Mutter bewegt und drückte mich kurz.

Nachdem mir meine Mutter die Last von der Seele genommen hatte, konnte ich mit Ina und meinen Eltern unbeschwert den Rest des Tages genießen. Am späten Abend, nach Janas Rückkehr, lag ich mit ihr zusammen im Bett und erzählte von meinen Gedanken und dem einfühlsamen Gespräch mit meiner Mutter, worauf Jana sich erneut über mein liebevolles Elternhaus freute. »Wie geht es dir? Hast du Angst vor der Zukunft?«, fragte ich meine Partnerin.

Jana schüttelte den Kopf. »Nein, gar nicht. Im Gegenteil! Ich freue mich schon darauf, mit dir zusammen zu leben, insofern du es so lange mit mir aushältst«, antwortete sie halbernst.

»Das tue ich ganz bestimmt!«, versicherte ich. »Aber wie schaffst du es, so ruhig zu bleiben?«

»Weil ich schon seit mehreren Jahren mein eigenes Geld verdiene. Damals, als meine Eltern mir sämtliche Unterstützung entzogen, geriet ich auch erstmal in Panik. Ich hatte damals nur wenig Geld angespart und hätte kaum zwei Monate überleben können! Zum Glück fand ich in einer Zeitung Clives Annonce. Er hat mir damals wirklich das Leben gerettet! Seitdem arbeite ich, um mir meinen Lebensunterhalt zu verdienen. Zuerst war ich skeptisch, ob ich es schaffen würde, doch ich bin die ganze Zeit überraschend gut zurechtgekommen! Klar war es nicht leicht, mit dem wenigen Geld auszukommen. Manchmal ist es ganz schön knapp gewesen. Als ich mir ein Paar neue Schuhe kaufen musste, reichte das restliche Geld nicht einmal mehr fürs Essen und einen Kasten Limonade. Dann habe ich zuhause einen Monat lang Leitungswasser getrunken und nur bei Clive gegessen. Das war zwar hart, aber ich hab' es überlebt. Auf diese Art lernt man die einfachen Dinge zu schätzen und wird sehr bescheiden. Außerdem konnte ich so auch nicht dick werden«, sagte Jana mit schelmischem Zwinkern, was mir ein Lächeln entlockte. »Ich habe also einfach nur schon vorher angefangen zu arbeiten, was dir erst noch bevorsteht. Deshalb habe ich keine Angst vor der Zukunft. Außerdem darfst du nicht vergessen, dass du von Anfang an in einer lieben Familie aufgewachsen bist und stets im Schutz und der Geborgenheit deiner Eltern gelebt hast. Somit ist es kein Wunder, dass es dir Angst macht, dieses wohlbehütete Leben hinter dir zu lassen, um auf eigenen Beinen zu stehen. Dieses Privileg hatte ich nicht, weshalb ich schon früh für mich selbst sorgen musste.«

Ich sah Jana unsicher an. »Dann bin ich dir gegenüber wohl ein ziemliches Weichei.«

»Aber nein, so war das doch nicht gemeint!«, brummte Jana. »Du hattest wegen deiner Krankheit einen ziemlich schweren Start ins Leben und warst deswegen noch mehr als andere Kinder auf deine Eltern angewiesen! Das hat euch noch mehr zusammengeschweißt, weshalb du deinen Eltern näher stehst als manch anderes Kind! Schau dir doch gerade einmal Nikki an. Sie hat nur noch ihren Vater, vor dem sie aber Angst hat, weil er so streng zu ihr ist und sie oft schlecht behandelt! Du hast dagegen total liebe und hilfsbereite Eltern, die immer für dich da sind! Du standest immer unter ihrem Schutz und konntest dich die ganze Zeit auf ihre Hilfe und Unterstützung verlassen, was in einer Familie auch selbstverständlich sein sollte! Das hat also nichts damit zu tun, dass du verweichlicht bist, sondern dass du einfach wohlbehütet und geborgen aufgewachsen bist. So, wie das auch sein sollte! Und jetzt will ich nie mehr von dir hören, dass du ein Weichei bist!«, knurrte Jana halbernst. Dann begann sie schelmisch zu lächeln. »Ansonsten...« Schon schob sie eine Hand unter mein

Oberteil und kitzelte mich sachte, worauf ich mich kichernd auf dem Bett wand.

»Ist gut! Ich hab's kapiert!«, rief ich lachend.

Jana beendete ihre Kitzelattacke und sah mich liebevoll an. »Keine Sorge, wir beide schaffen das schon«, sagte sie wohlwollend und gab mir einen Kuss. Dann lächelte sie geheimnisvoll. »Und jetzt will ich mehr von dir!«, flüsterte sie und schob genüsslich mein Oberteil nach oben. Kurze Zeit später lag unsere Kleidung neben dem Bett und Jana auf mir. Wir küssten uns leidenschaftlich, genossen die Wärme unserer nackten Haut, streichelten und liebkosten uns, bis Jana sich etwas aufrichtete, nach unten rutschte und die Innenseite meiner Oberschenkel mit Küssen eindeckte, wobei sie sich langsam aufwärts bewegte. Als sie danach meinen Bauch mit Küssen überzog, wanderten ihre Hände nach oben und streichelten zärtlich meine Brüste, während sie zuerst meinen Rippenbogen und anschließend den Rest meines Oberkörpers küsste. Als sie noch meine Brüste mit ihrem Mund liebkoste, wanderte eine Hand von ihr zwischen meine Beine und tat dort Dinge, die mich aufs Höchste verzückten! Wieder einmal schickte sie mich auf eine Tour höchsten Wohlbefindens, in deren Verlauf sie mich stimulierte, verwöhnte und mit Zärtlichkeiten überhäufte. Wobei jeder Kuss wie ein sanfter Stromschlag kribbelte, jedes Streicheln Wellen des Glücks durch meinen Körper sandte und die großflächige Berührung von Janas nackter Haut Wogen höchsten Behagens verursachten, während ich immer mehr die Kontrolle über mich verlor. Wieder versank ich in einem Ozean schönster Emotionen, den ich mit Jana durchtauchte, wurde von der Brandung aus wunderschönen Gefühlen mitgerissen, von Strudeln höchster Wonne hinabgezogen. Janas Hände schienen überall zu sein und schickten Ströme höchster Glückseligkeit durch meinen Körper, bis ich das Gefühl hatte, vor Wonne zu explodieren, als ich schließlich das Ende der Reise erreichte, wonach ich mich in den Armen meiner Partnerin wiederfand, die

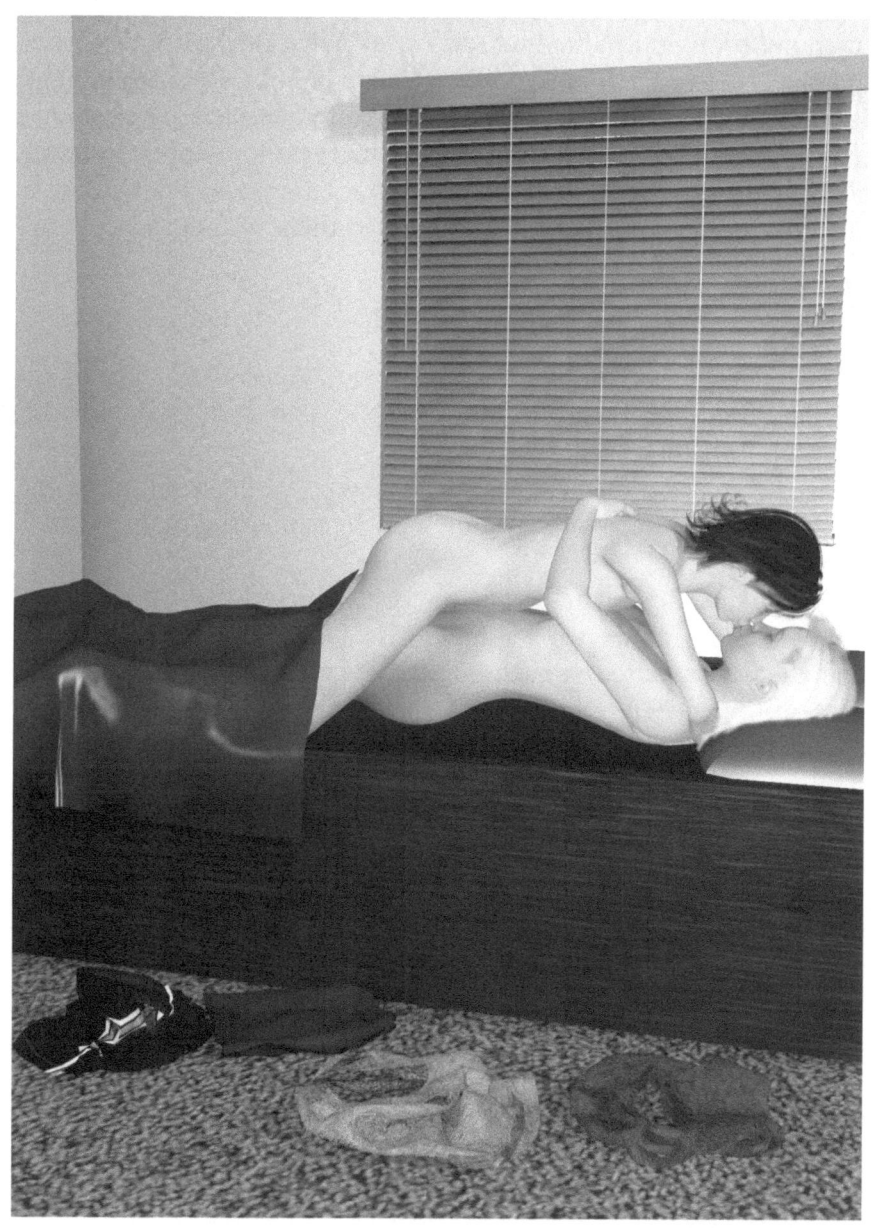

mich liebevoll anlächelte und sanft streichelte, bis ich mich wieder gefangen hatte. Nach einer kurzen Pause ließ ich Jana die gleiche Behandlung zukommen, was sich im Laufe der Nacht noch mehrmals wiederholte, bis wir beide schließlich erschöpft, aber mehr als glücklich ins Traumland abdrifteten, wo die angenehmen Gefühle noch längere Zeit nachklangen und uns zärtliche Träume schenkten.

*

Am nächsten Morgen wurden Jana und ich unsanft von kräftigem Klopfen an der Zimmertüre geweckt. »Was ist denn los?«, maulte ich schlaftrunken.

»Wenn ihr noch duschen und frühstücken wollt, dann müsst ihr jetzt aufstehen, sonst verpasst ihr euren Termin!«, rief meine Mutter von außen.

Ich sah auf die Uhr und fuhr erschrocken hoch. »Ist gut Mama, wir kommen!«, antwortete ich hastig. Heute war ja Janas Wohnungsübergabe! Das hatte ich nach der wunderschönen Nacht ganz vergessen. Meine Partnerin war inzwischen auch wach und brummte irgendetwas Unverständliches, während sie sich umständlich erhob, was mir ein Lächeln entlockte. Wir torkelten verschlafen ins Badezimmer, wo uns die Dusche vollends wach machte. Kurze Zeit später saßen wir im Esszimmer, wo uns Mama schmunzelnd begrüßte. Nach einem ausgiebigen Frühstück holte Jana ihre Unterlagen und wir machten uns auf den Weg zu ihrer Wohnung. Kaum waren wir dort, erschien auch schon Lucy mit ihren Eltern und der Wohnungsbesitzer. Die Formalitäten waren schnell erledigt und nach der Schlüsselübergabe verließen Jana und ich die Wohnung. Meine Partnerin schaute noch einmal zu einem der Fenster ihrer bisherigen Wohnung hinauf. »Tut es dir leid, dass du die Wohnung abgeben musstest?«, fragte ich behutsam.

»Ich gehe mit einem lachenden und einem weinenden Auge«, erklärte Jana. »Einerseits bedeutete die Wohnung Freiheit, weil ich dort tun und lassen konnte, was ich wollte, solange ich die Hausordnung beachtete. Ich war meine eigene Herrin und von niemandem abhängig! Andererseits war ich dort die ganze Zeit einsam und musste alles alleine meistern, weshalb ich mich manchmal wie in einem Käfig fühlte! Ich habe oft die anderen Mitschüler beneidet, wenn sie von ihren Familien und ihren gemeinsamen Unternehmungen erzählten. Dann wünschte ich mir oft auch so ein Leben. Es ist schon absurd, dass ausgerechnet durch Clives drohende Insolvenz mein größter Wunsch in Erfüllung ging, nämlich in einer lieben Familie zu leben!«

»Ach Jana, warum hast du denn nichts gesagt? Du hättest doch schon früher bei uns einziehen können!«, sagte ich verwundert.

»Ehrlich gesagt wurde mir das erst nach meinem Krankenhausaufenthalt richtig klar, als ich eine Woche lang bei euch wohnte. Vorher hatte ich immer nur eine Art Sehnsucht nach Geborgenheit, die ich aber nie richtig an mich ran ließ. Erst bei euch begriff ich, was ich die ganze Zeit vermisst hatte und mir nun so sehr wünschte. Das verursachte erst einmal einen Zwiespalt, weil ich meine Freiheit nicht aufgeben wollte. Außerdem hatte ich das Gefühl, mich aufzudrängen, wenn ich bei euch einziehe, obwohl ich doch eine eigene Wohnung hatte. Das erschien mir nicht richtig. Dazu hatte ich doch kein Recht!« Jana warf mir einen um Verständnis bittenden Blick zu.

»Oh Jana, du bist viel zu bescheiden! Du darfst jederzeit mir oder meinen Eltern deine Wünsche und Sehnsüchte erzählen! Sei nicht immer so hart zu dir selbst. Auch du hast das Recht, glücklich zu sein, wie jeder andere da draußen! Nimm dich bitte nicht immer so sehr zurück. Meine Eltern und ich wollen doch auch, dass du glücklich bist, aber wir können dir nicht jeden Wunsch von den Augen ablesen. Deshalb möchte ich, dass du uns zukünftig sagst, was du willst, oder was dich beschäftigt!«

»Das ist für mich nicht so einfach«, erwiderte Jana schüchtern. »Meinen Eltern war es immer lästig, wenn ich einen Wunsch äußerte.

Manchmal reagierten sie darauf regelrecht verärgert, weshalb ich mich bald nicht mehr traute, etwas zu wünschen. Stattdessen versuchte ich, mit dem auszukommen, was ich hatte, was mir meistens gelang. Weil man mir immer nur das Gefühl gab, hinderlich und störend zu sein, hab ich auch heute noch oft das Gefühl aufdringlich oder unerwünscht zu sein.« Jana schluckte heftig. »Manchmal hatte ich sogar das Gefühl, nicht liebenswert zu sein.« Ihre Stimme drohte zu versagen, als sie die letzten Worte flüsterte.

Ich sah meine Partnerin erschrocken an und umarmte sie. »So etwas darfst du niemals von dir denken! Du bist mehr als liebenswert! Ein ganz wunderbarer Mensch! Wir haben dich alle lieb und deshalb wirst du auch bestimmt nicht aufdringlich oder störend sein! Auf keinen Fall! Und du darfst dir auch alles wünschen, was du möchtest. Wenn wir's möglich machen können, erfüllen wir dir gerne jeden Wunsch!« Ich schmiegte mich an Jana. »Ach Engelchen, ich kann dich gar nicht so fest drücken, wie ich dich lieb hab!«

»Hab' ich dich doch auch«, flüsterte Jana gerührt und drückte mich. So standen wir kurze Zeit in inniger Umarmung auf dem Gehweg.

»Du wirst nie mehr lästig oder unerwünscht sein, dafür werde ich sorgen!«, versprach ich, worauf Jana verlegen den Blick senkte und sich leise bedankte. »Und jetzt Schluss mit den traurigen Gedanken!«, brummte ich mit liebevollem Lächeln, was Jana ein Schmunzeln entlockte, worauf wir zusammen Hand in Hand den Heimweg fortsetzten.

*

Am frühen Abend, als mein Vater von der Arbeit nach Hause kam, bat Mama uns, zu ihm zu gehen. So liefen Jana und ich erstaunt vor unser Haus, wo Paps ein nagelneues Fahrrad aus dem Auto holte und vor uns aufstellte.

»Das ist für dich«, sagte mein Vater an Jana gewandt.

»F ... für ... mich?«, stotterte Jana überrascht.

»Hmmm«, summte mein Vater bestätigend und nickte. »Willst du es gleich mal ausprobieren?«

»D ... das ... geht nicht!«, stammelte Jana plötzlich ziemlich verlegen, weshalb Paps und ich sie verwundert ansahen.

»Warum nicht? Gefällt's dir nicht?«, fragte mein Vater erstaunt. »Ich kann das Fahrrad auch gerne umtauschen oder zurückgeben, wenn du es nicht willst.«

»Nein ... das ist ein tolles Fahrrad!«, beeilte sich Jana zu sagen. »Ich ... kann ... nur nicht ... Fahrradfahren.« Janas Stimme war zu einem Flüstern geworden und sie senkte verschämt den Blick, traute sich kaum uns anzusehen.

»Wie jetzt? Du kannst echt nicht Fahrradfahren?«, fragte ich verblüfft.

Jana nickte kaum merklich, senkte nochmals schamvoll den Blick und wurde rot im Gesicht.

»Das ist doch nicht schlimm! Dann bringen wir's dir eben bei. Geht ganz einfach!«, sagte mein Vater aufmunternd, griff Jana sanft unters Kinn und hob ihren Kopf sachte an. »Das muss dir doch nicht peinlich sein!« Dann streichelte er ihr mit liebevollem Lächeln über den Kopf, worauf Jana ihn dankbar und gerührt ansah. »Kannst du's ihr beibringen?«, fragte mich Paps.

»Klar! Kein Problem!«, versicherte ich und wandte mich Jana zu. »Das hast du in Nullkommanichts gelernt!«

»Meinst du?«, fragte Jana schüchtern.

»Ganz bestimmt!«, bekräftigte ich und streichelte Jana zärtlich.

»Danke«, sagte meine Partnerin schüchtern und umarmte zuerst mich und dann meinen Vater. »Das ist total lieb von euch!«

»Schon in Ordnung«, sagte mein Vater warmherzig und streichelte Jana über den Kopf. »So einen Drahtesel kann man schließlich immer gebrauchen«, meinte Paps zwinkernd, was Jana ein Lächeln entlockte.

»Wow, das ist ja ein total modernes Teil, mit Antiblockiersystem und Spurassistent«, witzelte ich über das Fahrrad.

Mein Vater nickte grinsend. »Und ein Schiebedach hat's auch!«

Jana und ich mussten lachen. Mama stand in der Haustüre und schüttelte ebenfalls amüsiert den Kopf, worauf Paps zwinkernd ins Auto stieg und in die Garage fuhr. Jana und ich folgten ihm mit dem Fahrrad. Dort zeigte ich ihr, wo sie ihr neues Gefährt abstellen konnte, worauf wir gemeinsam ins Haus gingen. Beim Abendessen entschieden wir, dass ich Jana gleich am nächsten Tag das Fahrradfahren beibringen sollte. Darauf folgte noch ein fröhlicher Abend vor dem Fernseher, bis Jana und ich zu Bett gingen.

»Danke für euer Verständnis! Ich hätte schon früher gerne ein Fahrrad gehabt, aber das war auch einer der Wünsche, die mir meine Eltern nie erfüllt haben. Deshalb kann ich kein Fahrradfahren«, erklärte Jana, als sie neben mir lag.

»Hab' ich mir schon gedacht. Deshalb werd' ich's dir beibringen. Geht ganz einfach!«, versprach ich und schmiegte mich an Jana. »Dann sausen wir zusammen um die Wette!«, bemerkte ich scherzhaft.

»Machen wir!«, antwortete Jana kichernd, umarmte mich und gab mir einen Gutenachtkuss. »Dann schlaf du mal gut, Rennfahrerin«, sagte sie schmunzelnd.

»Du auch, rasendes Engelchen!«, konterte ich amüsiert und knuddelte meine Partnerin. So lagen wir aneinandergeschmiegt beisammen und tauschten Zärtlichkeiten aus, bis wir glücklich ins Traumland hinüber glitten.

Fahrstunden

Am nächsten Morgen, als der Wecker mich unsanft aus dem Schlaf gerissen hatte, lag Jana weiterhin mit geschlossenen Augen neben mir. »Aufwachen, Schlafmütze«, sagte ich zu ihr und rüttelte sie sachte. Jana brummte und zog die Decke über den Kopf. Scheinbar war sie auch an diesem Morgen wieder schwer aufzuwecken, doch dann hob sie kurz das Deckbett an, lächelte spitzbübisch, streckte mir kurz die Zunge raus und senkte die Decke wieder. »Das darf ja wohl nicht wahr sein!«, polterte ich scheinbar empört. »Na warte!« Gleich schob ich meine Hände unter ihr Deckbett und kitzelte meine Partnerin, worauf Jana mit einem Aufschrei zusammenzuckte und sich dann lachend auf dem Bett wand, während ich sie genüsslich weiter kitzelte.

»Ist gut! Ich steh ja auf!«, rief sie lachend, worauf ich meine Kitzelattacke beendete und ihr einen Kuss gab.

»Freches Mädchen«, brummte ich amüsiert. »Bist du jetzt wach?«

»Ich bin schon länger wach, weil ich wegen dem Fahrradfahren aufgeregt bin«, gab Jana zu.

»Verstehe! Hoffentlich hast du trotzdem gut geschlafen.«

»Neben dir schlaf' ich immer gut«, sagte Jana mit liebevollem Lächeln, streichelte meine Wange und erhob sich.

Nach einem ausgiebigen Frühstück holten wir unsere Fahrräder und schoben sie zur Uferpromenade des Flusses, der unsere Stadt durchfloss. Der Radweg dort war gerade und eben, also der ideale Ort, um Fahrradfahren zu lernen. Außerdem war um diese Uhrzeit kaum jemand unterwegs. So begann ich mit meinem Unterricht. Wie üblich lernte Jana schnell und war nach einer Stunde bereits fähig, langsam neben mir her zu fahren. Sie war noch etwas unsicher und hatte leichte Gleichgewichtsprobleme, weshalb sie sich noch nicht traute schneller zu fahren, doch sie machte ihre Sache schon ganz gut. In diesem Moment kam von hinten ein Radler angerast und schoss mit

sehr geringem Abstand an Jana vorbei, ohne vorher die Klingel zu benutzen. Meine Partnerin erschrak sehr, geriet ins Taumeln und fiel schließlich zu Boden. Glücklicherweise landete sie im Gras und nicht auf dem Steinboden. Ich bremste scharf, stieg rasch ab und eilte zu ihr. »Jana, hast du dir wehgetan?«, fragte ich erschrocken.

Meine Partnerin rappelte sich auf. »Nee, noch alles ganz«, raunte sie verärgert. »Was war das denn für ein blöder Kerl!«

»Ein rücksichtsloser Verkehrsrowdy!«, schimpfte ich erbost und half Jana beim Aufstehen. »Hast du dich wirklich nicht verletzt?«

»Ich glaube nicht. Zumindest tut im Moment nichts weh.«

»Dann ist's ja gut!«, sagte ich erleichtert und stellte ihr Fahrrad wieder auf. »Kannst du fahren?«, fragte ich vorsichtig, worauf Jana nickte. »Willst du noch ein bisschen üben oder hast du keine Lust mehr?«

»Wir können schon noch ein Stück weiter fahren«, bestätigte Jana und setzte sich wieder auf ihr Fahrrad, wobei ich bemerkte, dass ihre Hose und ihr T-Shirt ein paar Grasflecken trugen, ansonsten war ihre Kleidung heil geblieben.

»Alles klar«, sagte ich erleichtert und stieg auch wieder in den Sattel.

Nach unserer Rückkehr hatte Jana doch leichte Prellungen an der Schulter und dem Unterschenkel, auf den ihr Fahrrad gefallen war, doch mit Hilfe von Paps' Sportsalbe ließen die Schmerzen schnell nach. Ich bot ihr an, für sie arbeiten zu gehen, was für Jana aber nicht in Frage kam. So half ich nachmittags meiner Mutter beim Fensterputzen, während Jana zur Arbeit ging. Als meine Partnerin zurückkam, hinkte sie ein wenig, weil ihr verletztes Bein vom langen Stehen gereizt und leicht geschwollen war. Nachdem sie geduscht hatte, trug ich nochmals Salbe auf und band ihr ein kühlendes Gel auf die Schwellung, was Jana guttat. Am nächsten Morgen war die Schwellung schon deutlich zurückgegangen und die Schmerzen hatten ebenfalls nachgelassen. Diesmal bestand ich darauf, sie heute bei der Arbeit zu vertreten, was zu einer längeren Diskussion führte, doch schließlich konnte ich sie überzeugen, dass es besser für sie war, sich zu schonen. So blieb Jana an diesem Nachmittag zuhause, während ich seit längerer Zeit wieder einmal in Clives Garküche arbeitete. Dort kamen auch heute wieder wenig Gäste und die Stimmung der Kollegen war ziemlich traurig. Wie es schien, war das kleine Restaurant wohl nicht mehr zu retten, weshalb ich bei meiner Rückkehr recht bedrückt war, was meinem Vater natürlich sofort auffiel. So erzählte ich ihm von der Situation, duschte kurz und legte mich dann zu Jana, deren verletztes Bein allmählich heilte. Ich vertrat sie noch zwei weitere Tage, dann nahm Jana ihre Arbeit wieder auf. An jenem Abend kam mein Vater besonders gut gelaunt nach Hause und sah mich verschmitzt an. Nach dem Abendessen erzählte er, dass einer seiner Kunden eine große Baustelle in der Nähe von Clives Garküche errichtete. Darauf hatte mein Vater Clive besucht und ihm angeboten, die Leute auf der Baustelle mit Essen zu versorgen, was der Besitzer des Restaurants dankend angenommen hatte, wodurch er nun die Verluste kompensieren konnte, welche die fehlenden Gäste verursachten! So hatte Paps Clive vor dem Konkurs gerettet, was nicht nur mich freute. Auch Jana fiel ihm später freude-strahlend um den Hals und bedankte sich nochmals im Namen aller Mitarbeiter der Garküche.

»Dann hätte ich ja gar nicht zu euch umziehen müssen«, bemerkte sie später, als sie neben mir lag.

»Das konnte ja damals keiner wissen. Ich hoffe, du bereust es jetzt nicht, hier bei uns zu wohnen«, sagte ich unsicher.

»Oh nein, keinesfalls! Denn ich war noch nie so glücklich!«, antwortete Jana fröhlich. »Außerdem kann ich dich so noch öfter ärgern!«, bemerkte sie schelmisch und kitzelte mich kurz.

»Dachte ich's mir doch!«, meinte ich, zog Jana zu mir und knuddelte sie. »Mir geht's genauso!«, gab ich darauf lächelnd zu und gab ihr einen Kuss. So lagen wir eng aneinandergeschmiegt beisammen und genossen die gegenseitige Nähe, während wir Zärtlichkeiten austauschten, bis uns der Schlaf ins Traumland mitnahm.

*

Am Samstagmorgen saßen wir nach dem Frühstück zusammen im Esszimmer. Paps blätterte in einer Autozeitschrift, wobei ich ihn von hinten umarmte.

»Du Paaaaps«, säuselte ich.

»Hmmmm«, brummte mein Vater ahnungsvoll.

»Ich werd' doch bald achtzehn. Da sollte ich doch allmählich den Führerschein machen.«

»Was! Du willst den Führerschein machen!«, polterte mein Vater scheinbar entsetzt. »Ich weiß nicht, ob ich das verantworten kann!«

»Ooooch Paps, ich bin doch ein ganz liebes, vernünftiges Mädchen«, flötete ich und zeigte mein liebevollstes Lächeln. Jana sah mich amüsiert an und begann zu kichern.

Mein Vater warf mir einen skeptischen Blick zu. »Na ja, ob ich das dem Fahrlehrer zumuten kann?«

»Ach, mit dem werd' ich schon fertig!«, versicherte ich selbstbewusst.

»Genau das macht mir ja Sorgen!«, meinte mein Vater, worauf Jana zu lachen begann. »Ob das seine Nerven aushalten!«

»Keine Sorge, ich geh ganz pfleglich mit ihm um«, versprach ich und klimperte mit den Wimpern.

»Klingt ja sehr beruhigend!«, brummte Paps wenig überzeugt.

»Ehrlich Paps, ich werd' ganz brav und pflegeleicht sein!«, sagte ich mit Hundeblick.

Nach einem weiteren skeptischen Blick atmete mein Vater geräuschvoll aus. »Na gut, ich überleg's mir.«

»Danke Paps! Hab' dich lieb!« Ich drückte ihm erfreut einen Kuss auf die Wange.

»Und was ist mit dir?«, fragte mein Vater an Jana gewandt. »Willst du auch den Führerschein machen?«

»Würde ich gerne, aber das kann ich mir nicht leisten«, antwortete meine Partnerin.

»Verstehe«, meinte mein Vater, worauf er mir einen verschwörerischen Blick zuwarf, den Jana jedoch nicht sehen konnte. Ein sicheres Zeichen, dass er bereits einen Plan hatte!

Etwas später schmusten Jana und ich in unserem Zimmer.

»Ich hoffe, dein Vater erlaubt dir den Führerschein zu machen«, bemerkte meine Partnerin halbernst.

»Da mach dir mal keine Sorgen. Du weißt doch: Ich kann sehr überzeugend sein!«, versicherte ich.

»Allerdings!«, antwortete Jana amüsiert.

In diesem Moment klopfte es an der Zimmertüre. Nach Aufforderung trat Ina ein. Sie sah ein wenig verzweifelt aus.

»Mio, kannst du ein Pferd malen? Wir sollen für den Kindergarten unser Lieblingstier zeichnen, aber ich krieg's nicht hin«, jammerte meine kleine Schwester.

»Da kann ich dir leider nicht helfen, aber vielleicht kann Jana ein Pferd zeichnen«, antwortete ich, worauf Jana nickte, sich ein Blatt Papier und einen Stift nahm. Ina lief zu ihr, war aber zu klein, um auf den Schreibtisch zu schauen, weshalb ich sie auf den Arm nahm. Kurze Zeit später war die Zeichnung fertig, die ein Pferd zeigte, als wäre es ein Foto.

»Oh, das ist aber schön!«, rief Ina begeistert.

»Darfst du behalten«, sagte Jana und gab Ina die Zeichnung.

Meine kleine Schwester bedankte sich freudig, senkte dann aber betrübt den Blick. »Ich soll das Bild doch selber zeichnen. So schön kann ich das aber nicht!«

»Dann malen wir's zusammen«, schlug Jana vor. »Ich zeig dir, wie du's machen musst. Setz dich einfach auf meinen Schoß. Einverstanden?«

Ina nickte erfreut, worauf ich sie auf Janas Schoß setzte. Meine Schwester zeichnete, während Jana ihr behutsam die Hand führte und erklärte, was sie machen musste. So entstand mit der Zeit ein recht gutes Pferdebild. Ina blickte es entzückt an und wandte sich dann Jana zu. »Danke, für die Hilfe!« Dann gab sie Jana einen Kuss auf die Wange. »Hab dich lieb!«

»Ich hab dich auch lieb!«, sagte Jana gerührt.

Ina hopste auf den Boden, lief zur Türe und rannte hinaus. »Maaaamaaaa, guck mal!«, rief meine kleine Schwester, wobei sie ihre Zeichnung stolz in die Höhe hob.

Ich sah ihr mit amüsiertem Lächeln hinterher und schloss die Zimmertüre. »Ich glaube, du hast gerade jemanden sehr glücklich gemacht!«

»Freut mich, wenn ich helfen konnte«, antwortete Jana.

Weil ich zur Toilette musste, ging ich auch hinaus. Vor dem Badezimmer kam mir mein Vater entgegen.

»Gut, dass ich dich treffe. Sag mal, Mio, würde Jana sich freuen, wenn wir ihr den Führerschein bezahlen, oder wäre ihr das peinlich?«, fragte Paps mit gedämpfter Stimme.

»Sie wäre vielleicht verlegen, aber es würde sie ganz sicher freuen«, bestätigte ich.

»Gut, dann melden wir euch beide nächste Woche bei der Fahrschule an. Sag aber bitte Jana vorerst nichts. Soll eine Überraschung sein«, sagte mein Vater verschmitzt, worauf ich lächelnd nickte.

»Ich darf also auch den Führerschein machen?«, fragte ich schelmisch.

»Da hab' ich wohl keine andere Wahl«, sagte mein Vater scheinbar resigniert, was mich zum Lachen brachte.

»Ach Paps, hab' dich lieb!«, worauf ich meinen Vater kurz umarmte.

»Hab' ich dich auch, Frechdachs!«, antwortete mein Vater mit liebevollem Lächeln und verstrubbelte mir die Haare.

Etwas später fuhr ich mit Paps zum Einkaufen, während Jana meine Mutter im Haushalt unterstützte, bis sie zur Arbeit gehen musste. Der Rest des Samstags verlief wie gewohnt. Nachdem Jana von der Arbeit zurückgekehrt war, lagen wir noch eine Weile wach beisammen.

»Jetzt, wo dein Paps Clive gerettet hat, kann ich ja weiter zur Arbeit gehen. Soll ich euch nicht wenigstens etwas von meinem Geld geben, sozusagen als Miete?«, fragte Jana unsicher.

»Auf keinen Fall!«, antwortete ich. »Das würden meine Eltern niemals annehmen! Nein, Jana, behalt dein Geld. Du wirst es sicher noch gut gebrauchen können.«

»Ich hab' aber ein schlechtes Gewissen, weil ich jetzt einfach so bei euch wohne«, meinte Jana.

»Deshalb musst du kein schlechtes Gewissen haben! Wir haben dich doch gerne aufgenommen! Ich weiß, deine Eltern sind beide Geschäftsleute, aber in der Liebe wird nichts verrechnet, sondern man teilt Glück und Sorgen und ist selbstlos füreinander da, aus Respekt, Anstand, Fürsorge und Hilfsbereitschaft! So, wie du heute Vormittag Ina geholfen hast, ein Pferd zu zeichnen. Du hast sie damit sehr glücklich gemacht, genauso wie du mich täglich glücklich machst, weil du mit mir zusammen bist! Ich habe mich noch nie bei einem Menschen so wohl gefühlt, wie bei dir und bin so froh, dass wir nun so oft zusammen sein können! Du bist so ein lieber, gütiger, fröhlicher Mensch, dass es ausgesprochen schwerfällt, dich nicht zu mögen!« Ich zog Jana zu mir her und streichelte sie sanft, während sie mich gerührt ansah und sich mit rauer Stimme für das Kompliment bedankte.

»Du brauchst nichts für unsere Liebe bezahlen, denn die ist selbstverständlich! Du bist ein wundervoller Mensch und du gibst uns so viel, dass du ganz sicher kein schlechtes Gewissen haben musst! Du machst mich so glücklich, wie ich noch nie war!« Ich schluckte kurz den Kloß hinunter, der sich in meinem Hals gebildet hatte. »Deshalb möchte ich den Rest meines Lebens mit dir verbringen, sofern das auch dein Wunsch ist!«

Diesmal hatte Jana Freudentränen in den Augen und umarmte mich. »Ach Mio, nichts lieber als das!«

So lagen wir noch längere Zeit eng umschlungen beisammen, versicherten uns gegenseitig unsere Liebe zueinander, liebkosten, streichelten und küssten uns, bis der Schlaf uns angenehme Träume voneinander schenkte.

*

Weil am Sonntag sehr schönes Wetter war, wollten Jana und ich uns etwas sommerliche Bräune gönnen, weshalb wir zwei Liegestühle in den Garten stellten und unsere Bikinis anzogen. Ich schickte Jana vor, mit der Ausrede, dass ich noch rasch auf die Toilette musste. Stattdessen schlich ich mich auf Zehenspitzen zu unserem Gartenschlauch, spritzte Jana nass und jagte sie mit dem Schlauch durch den Garten, bis sie auf mich losging und wir lachend um den Schlauch kämpften, wobei auch ich kräftig abgeduscht wurde! Schließlich umarmten wir uns fröhlich und tropfend, legten uns auf die Liegestühle und ließen uns in der Sonne trocknen, bis Jana zur Arbeit gehen musste. Den Nachmittag verbrachte ich mit Sue und Pia im Freibad. Sayu kümmerte sich auch heute um Cindy, Joey und ihren schwerkranken Vater, dem es mittlerweile sehr schlecht ging, weshalb Sayu nicht mit uns kam. Während wir auf der Liegewiese saßen, erwähnte ich Janas Geburtstag am Freitag der folgenden Woche, worauf Pia mit verschmitztem Lächeln einen Prospekt aus ihrer Tasche zog und mir reichte. Es handelte sich dabei um eine Einladung für ein Konzert einer Rockband am kommenden Freitag.

»Wenn ich mich recht entsinne, ist das doch Janas Lieblingsband«, sagte Pia.

»Ja, du hast recht! Und die treten auch noch an Janas Geburtstag auf! Was für ein Zufall!«, bestätigte ich begeistert.

»Wenn wir unser Geld zusammenlegen, reicht es auch für eine Eintrittskarte für Jana. Sollen wir ihr das Konzert zum Geburtstag schenken?«, fragte Sue.

»Klasse Idee!«, stimmte ich euphorisch zu.

»Alles klar, dann besorge ich die Eintrittskarten«, bot Pia an. »Du kommst doch sicher auch mit«, wandte sie sich an mich.

Ich schüttelte den Kopf. »Wenn Jana ins Konzert geht, muss ich sie bei der Arbeit vertreten.«

»Ach ja, stimmt! Daran habe ich nicht gedacht«, bemerkte Pia. »Könnt ihr nicht Urlaub nehmen?«

»Zwar kommen jetzt weniger Gäste, aber am Wochenende ist immer noch am meisten los. Da möchte ich die Kollegen nur ungern im Stich lassen«, erklärte ich. »Außerdem gefällt mir die Musik der Band nicht so sehr, also macht es mir nichts aus, wenn ich nicht dabei bin.«

»Verstehe«, meinte Sue. »Dann fragen wir noch Sayu, ob sie mitkommt.«

»Soll ich dir in den nächsten Tagen meinen Anteil an Janas Eintrittskarte überweisen?«, fragte ich Pia.

»Klar, geht in Ordnung«, bestätigte sie.

Somit war Janas Geburtstagsgeschenk beschlossen und wir erlebten einen fröhlichen, recht nassen Sonntagnachmittag. Als ich am frühen Abend nach Hause zurückkehrte und meinen Eltern von unserem Plan erzählte, fragte mich meine Mutter, ob Jana passende Kleidung für das Konzert besaß. Ich sah in ihrem Schrank nach, fand aber nur ihre einfache Freizeitkleidung. Die hätte zwar auch gereicht, war aber für einen Konzertbesuch wenig geeignet, weshalb meine Eltern Jana schicke Kleidung schenken wollten. Dabei dachten sie nicht nur an das Konzert, sondern auch an festliche Anlässe und vielleicht schon bald bevorstehende Bewerbungsgespräche. So machten meine Mutter und ich in den nächsten Tagen heimlich Einkäufe für Jana, um ihr passende Kleidung und Schuhe zu besorgen.

*

Am Montag war jedoch erst einmal ein Fahrradausflug an einen nahe gelegenen Badesee vorgesehen. Weil Jana nur an diesem Wochentag nicht arbeiten musste, hatte sich Paps extra freigenommen, um mit seiner Familie den Tag zu verbringen.

»Zieh einfach deinen Bikini unter die Klamotten an, dann musst du dich am See nicht umziehen«, riet ich Jana.

»Gute Idee!«, stimmte meine Partnerin zu. »Ihr wisst ja, dass ich nicht schwimmen kann«, gab sie zu bedenken.

»Das ist kein Problem, weil wir die meiste Zeit in Ufernähe mit Ina planschen, wo du noch bequem stehen kannst. Da wirst du ganz sicher nicht untergehen«, beruhigte ich sie.

»Dann ist's ja gut«, meinte Jana erleichtert.

Wenig später holten wir unsere Fahrräder aus der Garage und befestigten die Körbe, die Mama für ein Picknick gepackt hatte, auf dem Gepäckträger, während Paps Ina auf dem Kindersitz festschnallte, der am Fahrrad meines Vaters befestigt war. Dann ging es los und wir radelten fröhlich schwatzend Richtung Badesee.

»Du kannst ja dein Schiebedach aufmachen«, sagte Paps grinsend an Jana gewandt.

Die lachte auf und machte Kurbelbewegungen über ihrem Kopf, was für allgemeine Erheiterung sorgte. Wir ließen uns Zeit, damit Jana, die auf ihrem Fahrrad noch etwas unsicher fuhr, nicht zurückfiel. Als wir schließlich bei dem See ankamen, hatten wir die ganze Wiese für uns. So entluden wir rasch unsere Fahrräder, breiteten die Picknickdecke aus und entkleideten uns. Jana, Ina und ich stapften in den See und begannen zu planschen. Dabei war meine kleine Schwester ziemlich übermütig, weshalb sie plötzlich ausrutschte und unterging. Jana war sofort bei ihr, zog sie aus dem Wasser, nahm sie auf den Arm, ging mit ihr aus dem Wasser und setzte sich mit Ina ans Ufer, wobei sie meine weinende Schwester beruhigte.

»Hast du dir wehgetan?«, fragte Jana behutsam, worauf Ina den Kopf schüttelte. »Hast dich nur ganz doll erschrocken.« Meine Schwester nickte schniefend. Da kamen schon meine erschrockenen Eltern angelaufen.

»Keine Sorge, ist nichts passiert. Ina ist nur ausgerutscht und hat etwas Wasser geschluckt«, sagte ich beruhigend. Dann setzte ich mich neben meine Schwester und tröstete das kleine Mädchen zusammen mit meiner Partnerin. Der Schreck war schnell vergessen und kurze Zeit danach alberte Ina wieder fröhlich im Wasser herum, bis sie zu frieren begann. So gingen wir zu meinen Eltern zurück, wo Mama meine Schwester in ein dickes Badetuch wickelte und warm rubbelte, während wir die Picknickkörbe leerten, in die meine Mutter einige Leckereien gelegt hatte. Anschließend genossen wir ein schmackhaftes Essen, bis wir alle gut gesättigt waren. Danach lud uns Paps zu einem besonderen Fußballspiel ein, bei dem es jedoch alles andere als fair zuging! Wir hielten uns fest, zogen und schubsten uns, um den Ball zu erlangen. Jana hielt sich zuerst noch unsicher zurück, unterstützte mich dann aber tatkräftig, bis mein Vater scheinbar entkräftet aufgab, weil er gegen so viel Frauen-macht nicht ankam. Stattdessen hob er mich plötzlich hoch und lief mit mir zum See, während ich schimpfend und strampelnd über seiner Schulter lag. Dann sprang er mit mir ins Wasser, wo ich mit einem Schrei unterging. Ich kam prustend wieder hoch, wischte mir das Wasser aus den Augen und sah, wie Jana sich zu uns gesellte. So alberten wir zu dritt im Wasser herum, jagten uns und spritzten uns gegenseitig nass, während Ina im Arm meiner Mutter schlief. Nach einer Weile zog sich mein Vater zurück, damit Jana und ich noch etwas Zeit für uns hatten. So legten wir uns ans Ufer ins weiche Gras und schmusten längere Zeit miteinander, bis meine Eltern zum Aufbruch mahnten. Wir zogen uns rasch an, verteilten die Körbe wieder auf die Fahrräder, schnallten Ina auf den Kinder-sitz und radelten anschließend fröhlich nach Hause.

»Hast du auch dein Schiebedach zugemacht?«, zog ich Jana grinsend auf, als sie ihr Fahrrad abstellte.

Meine Partnerin sah mich scheinbar verärgert an, knurrte und pikste mich mehrfach mit dem Zeigefinger in die Seite, worauf ich mit einem Aufschrei zusammenzuckte. »Freches Mädchen!« Mein anschließender Hundeblick versöhnte sie jedoch wieder und Jana gab mir schmunzelnd einen Kuss, worauf wir Arm in Arm ins Haus liefen. Nach dem Abendessen beendeten wir den Tag mit einigen lustigen Gesellschaftsspielen. Jana bedankte sich vor dem Zubettgehen bei meinen Eltern und umarmte sie, weil dies der fröhlichste und schönste Tag gewesen war, den sie bisher erlebte! Als sie danach neben mir lag, konnte sie vor Freude nicht einschlafen, weshalb wir uns kurzerhand unserer Kleider entledigten und dem Tag noch weitere sehr schöne Stunden folgen ließen, um unser Glück perfekt, den Tag und die Nacht unvergesslich zu machen!

*

Am nächsten Tag war es sehr heiß und schwül, also nicht gerade angenehm für einen Einkaufsbummel. Da jedoch die Zeit drängte, weil nur noch wenige Tage bis zu Janas Geburtstag verblieben, machten Mama, Ina und ich uns auf den Weg in die Stadt. Glücklicherweise hatte das Auto meiner Mutter eine Klimaanlage, so dass wir wenigstens auf der Fahrt nicht schwitzen mussten. Es dauerte zwar einige Zeit, aber wir fanden alles, was wir suchten. Normalerweise waren Ina derartige Einkäufe zuwider, da sie meist nur teilnahmslos daneben stand, doch für Jana nahm sie das in Kauf und nach einer größeren Portion Fruchteis blieb sie weiterhin guter Laune und fand sogar ein Kleid, das Mama und ich völlig übersahen. So kehrten wir erfolgreich nach Hause zurück, wo Mama die Sachen gleich wusch, damit sie rechtzeitig anziehfertig waren.

Am Abend zogen dicke Wolken über die Stadt und erste Windböen kündeten einen Wetterwechsel an. Als Jana nach der Arbeit nach Hause kam, hatte der Wind weiter zugenommen und erstes Donnergrollen war zu hören.

»Gut, dass du zuhause bist! Das wird wohl ein ziemlich heftiges Gewitter«, sagte ich erleichtert.

Jana nickte und sah besorgt aus dem Fenster. Im Bett schmiegte sie sich an mich, bis ich eingeschlafen war. Mitten in der Nacht erwachte ich, als heftiger Donner, begleitet von einem leisen Schrei mich aufweckte. Blitze zuckten im Sekundentakt und erhellten unser Zimmer. Jana hatte die Decke bis unter die Nasenspitze gezogen und lag mit schreckhaft geweiteten Augen wimmernd neben mir.

»Was ist denn los, hast du Angst?«, fragte ich erstaunt. Jana nickte kaum merklich, schrie beim nächsten heftigen Donnerschlag erneut auf und zog die Decke noch höher. Als ich mich an sie schmiegte und sie in den Arm nahm, zitterte sie tatsächlich am ganzen Körper und umarmte mich furchtsam.

»Hey, alles gut! Brauchst keine Angst zu haben! Hier drin kann dir nichts passieren. Du bist hier absolut sicher!« Ich streichelte sie sanft, aber das zeigte kaum Wirkung. Jana zitterte weiter und zuckte bei jedem Donnerschlag zusammen. »Kein Grund, sich zu fürchten! Ich bin da und beschütz dich! Mama und Paps passen ebenfalls auf dich auf! Das Gewitter kann dir nichts antun. Das Haus ist absolut stabil und Paps hat sogar verstärkte Blitzableiter einbauen lassen! Du hast nichts zu befürchten! Nichts und niemand wird dir hier je etwas antun!«, versicherte ich meiner Partnerin und gab ihr einen sanften Kuss, während ich sie weiter streichelte und an mich drückte.

»Es ... tut ... mir leid«, flüsterte Jana verschämt.

»Nicht doch! Brauchst dich nicht entschuldigen! So ein heftiges Gewitter kann jedem Angst machen«, sagte ich verständnisvoll. »Schsch«, zischte ich beruhigend. »Es ist alles gut.« Jana beruhigte sich wahrhaftig mit der Zeit und hörte schließlich auf zu zittern, blieb aber eng an mich geschmiegt und ließ sich von mir streicheln. Bei allzu heftigen Donnerschlägen zuckte sie zwar weiter zusammen, beruhigte sich jedoch rasch.

»Bist du mir böse?«, fragte sie schamvoll.

»Aber nein, warum sollte ich dir denn böse sein! Kannst doch nichts dafür, wenn dich das Gewitter ängstigt«, antwortete ich mit liebevollem Lächeln, worauf mir Jana einen dankbaren Blick zuwarf.

»Damals, als ich noch ein kleines Mädchen war, gingen meine Eltern abends aus und ließen mich alleine in der Wohnung zurück. In dieser Nacht gab es ein heftiges Gewitter, das mir sehr viel Angst machte! Aber ich war ja ganz alleine, deshalb verkroch ich mich völlig verängstigt unter die Bettdecke und hoffte, dass es schnell vorüber ging, aber das Gewitter wurde stattdessen immer heftiger. Ich weiß nicht, wie lange ich total angstvoll unter der Decke lag und nur noch betete, dass es endlich aufhörte, aber das tat es nicht! Ich hatte schon Angst zu sterben, als meine Eltern endlich nach Hause kamen. Doch als sie mich so ängstlich daliegen sahen, haben sie mich nur ausgelacht und mich ein dummes Mädchen genannt...« Janas Stimme brach und sie hatte Tränen in den Augen.

»Um Himmelswillen, wie kann man nur so rücksichtslos sein!«, schimpfte ich und drückte Jana an mich. »Kein Wunder hast du solche Angst vor Gewittern!« Ich streichelte sie weiter sanft. »Das musst du ab jetzt aber nicht mehr. Wir alle sind da, um dich zu beschützen! Bei uns hast du nichts zu befürchten und wir passen gut auf dich auf, solange wir da sind! Dessen kannst du dir sicher sein!«, versprach ich ihr, worauf Jana mich gerührt ansah und einen leisen Dank flüsterte. Dann schmiegte sie sich mit einem warmherzigen Blick an mich und schlief endlich ein, während ich noch längere Zeit wachlag und es nicht fassen konnte, was ihre Eltern Jana angetan hatten! Was waren das nur für kaltherzige, egoistische und rücksichtslose Menschen! Ich befürchtete, dass

Jana noch mehr schlimme Dinge in ihrer Jugend erlebt hatte, weshalb ich mir vornahm, ganz besonders lieb zu ihr zu sein, um ihr die nötige Geborgenheit und Nestwärme zu geben, die sie so lange vermisst hatte! Solange ich es verhindern konnte, sollte Jana nie mehr unter den traumatischen Erlebnissen ihrer Kindheit und Jugend leiden! Das nahm ich mir auf jeden Fall vor. Dann schmiegte ich mich an sie und streichelte sie noch eine Weile, bis auch ich letztlich wieder in den Schlaf zurückfand.

*

Am nächsten Morgen dauerte es wie üblich etwas, bis Jana vollends aufwachte. Ich gönnte ihr die Zeit, da sie wegen des Gewitters erst spät eingeschlafen war.

»Hast du trotzdem noch gut geschlafen?«, fragte ich besorgt.

»Weil du ganz nah bei mir warst, hatte ich schließlich keine Angst mehr und konnte schlafen.« Jana senkte kurz verlegen den Blick. »Danke, dass du so lieb und verständnisvoll warst. Ich hoffe, ich habe dich nicht genervt.«

»Aber nein, ganz und gar nicht«, versicherte ich mit liebevollem Lächeln und knuddelte meine Partnerin. »Kannst doch nichts dafür, dass du ein regelrechtes Trauma durch das rücksichtslose Verhalten deiner Eltern hast. Aber das wirst du bald verlieren, dafür werde ich sorgen, denn ich bin immer für dich da!«, versicherte ich und streichelte Jana sanft über den Kopf.

»Ach Mio, du bist einfach ein Schatz!«, sagte Jana gerührt, gab mir einen Kuss und drückte mich an sich. »Bitte erzähl niemand von meiner Angst vor Gewittern.«

»Keine Angst, das bleibt unter uns!«, versprach ich ihr.

So lagen wir noch kurze Zeit eng umschlungen beisammen, bis plötzlich unsere Smartphones gleichzeitig summten.

»Eine Textnachricht um diese frühe Uhrzeit?«, wunderte ich mich.

»Kein guter Zeitpunkt, denn ich hatte gerade etwas anderes vor?«, meinte Jana verschmitzt.

»So, was denn?«, fragte ich amüsiert.

Statt einer Antwort schob Jana eine Hand unter mein Oberteil und begann meine Brüste zu streicheln, wobei sie mich mit Verschwörermiene ansah.

»Was machst du da?«, wollte ich schmunzelnd wissen.

»Fummeln«, meinte Jana grinsend.

»Das könnte gefährlich werden«, warnte ich scherzhaft.

»Warum?«, fragte Jana lapidar.

»Weil ich dann über dich herfalle!« Kaum hatte ich ausgesprochen, ging ich auf sie los, worauf Jana mit einem Aufschrei unter mir landete. Ich schob ihr Oberteil nach oben und deckte ihren nackten Bauch mit Küssen ein, was Jana sichtlich genoss.

»Warte mal«, bat sie kurze Zeit später, zog ihr Oberteil aus und streckte sich genüsslich unter mir aus. »So gehts besser!« Dabei sah sie mich verführerisch an.

Auch ich entledigte mich des Oberteils und fuhr fort, Jana zu verwöhnen. Es folgte ein gefühlvoller, erotischer Morgen voller Zärtlichkeit, bis uns die fortschreitende Uhrzeit zum Aufstehen nötigte. Nach einer erfrischenden Dusche fiel mir die Textnachricht auf dem Smartphone wieder ein, worauf ich die Nachricht öffnete und erschrak. Sie war von Sayu, die mitteilte, dass der Vater von Cindy und Joey letzte Nacht verstorben war!

Jana hatte die gleiche Nachricht erhalten und war erst einmal erschüttert. »Oje, die armen Kinder!«

Weil Sayu darum bat, sie nicht anzurufen, da sie jetzt erst einmal so viel zu erledigen hatte, schrieben Jana und ich nur eine kurze Beileidsbezeugung und boten natürlich unsere Hilfe an. Sayu würde sich zur passenden Zeit melden, dann konnten wir miteinander reden. Stattdessen wurde Jana von Pia angerufen.

»Hey Jana, hast du Sayus Nachricht gelesen«, fragte Pia.

»Ja, habe ich. Hat mich ganz schön getroffen«, antwortete Jana.

»Ging mir genauso«, gab Pia zu. »Arme Kinder! Das wird hart für Sayu, in dem Zustand alles für die Beisetzung zu organisieren, die Kinder trösten und den ganzen anderen bürokratischen Mist zu erledigen. Wenigstens steht Steve ihr treu zur Seite und wir sind natürlich auch noch da.«

Jana summte nur bestätigend. »Mio und ich haben auch unsere Hilfe angeboten.«

»Das hat Sue auch, als ich sie vorhin anrief. Irgendwie schaffen wir das schon!«, meinte Pia aufmunternd. »Wie geht's euch denn?«, fragte sie nach kurzer Pause.

»Soweit gut. Wir sind nur geschockt von der Nachricht und können es noch nicht fassen. Meine Güte, die Kinder sind noch so jung und haben jetzt keine Eltern mehr! Zum Glück sind Sayu und Steve bereit, sie aufzunehmen und großzuziehen. Das wird für die Kinder, aber auch für Sayu und Steve ganz schön schwer sein, aber Sayu hat so ein großes Herz und ist so vernünftig, dass sie das hoffentlich schaffen«, sagte Jana zuversichtlich.

»Das wünsche ich ihnen auch! Und wenn's mal klemmt, sind immer noch wir da«, meinte Pia.

»Genau«, bestätigte Jana.

»Falls die Leute vom Jugendamt Schwierigkeiten machen, geh' ich dort mal vorbei und hau' sie ungespitzt in den Boden!«, drohte Pia scherzhaft.

»Gute Idee!«, antwortete Jana amüsiert und warf mir einen vielsagenden Blick zu. Ich hatte mitgehört und verdrehte nun in komischer Verzweiflung die Augen, was Jana ein Lächeln entlockte.

»Dann haltet die Ohren steif und sagt bitte Bescheid, wenn ich irgendwie helfen kann«, bemerkte Pia.

»Danke machen wir! Das gilt natürlich auch für dich«, bekräftigte Jana.

»Dank euch! Macht's gut aber treibt's nicht zu bunt!«

»Haben wir schon!«, antwortete Jana verschmitzt.

»Was! Ich bin entsetzt!«, rief Pia in gespielter Empörung, was Jana zum Lachen brachte. »Skandalös!«

»Wir schämen uns ja schon!«

»Nicht nötig! Wünsche euch noch viel Spaß!«, rief Pia. »Tschüss ihr beiden!«

»Tschüss Pia!«, antwortete Jana und beendete das Gespräch.

»Anscheinend löst Pia ihre Probleme immer noch mit Karate und Kung-Fu.«

»Das war schon immer so!«, bestätigte ich schmunzelnd. In diesem Moment grummelte mein Magen protestierend und verlangte nach Füllung. Jana hatte auch Hunger, den wir erst einmal mit einem ausgiebigen Frühstück stillten. Danach halfen wir meiner Mutter im Garten, denn der Gewittersturm hatte zahlreiche Zweige und Äste von dem Baum geholt, an dem Inas Schaukel hing. Außerdem waren einige schwere Pflanzkübel umgefallen, die wir gemeinsam wieder aufrichteten. Da Mama durch die zusätzliche Gartenarbeit in Zeitnot geriet, kümmerten Jana und ich uns um die Zubereitung des Mittagessens, während meine Mutter Ina vom Kindergarten abholte. Nachdem Jana nachmittags zur Arbeit gegangen war, blieb Mama und mir noch Zeit Schuhe für meine Partnerin zu besorgen, die wir mittels Computer bestellten und hofften, dass sie rechtzeitig zu Janas Geburtstag geliefert wurden. Danach kümmerte ich mich um Ina, damit meine Mutter mehr Zeit für ihre Arbeit fand. Am späten Abend, als Jana von der Arbeit zurückkehrte, war sie guter Laune, denn Clives Rettung vor dem Konkurs ließ die Stimmung des Personals der kleinen Garküche deutlich steigen und brachte die fröhliche Gemütslage der kleinen Truppe wieder zurück. Ihren Geburtstag hatte Jana bisher jedoch nicht erwähnt und ich hatte mich auch noch nicht dazu geäußert. Entweder rechnete sie nicht mit einer Überraschung, oder es kümmerte sie einfach nicht. Es würde mich inzwischen nicht einmal wundern, wenn ihre früheren Geburtstage im Kreis ihrer Eltern eher unangenehm verliefen. Weil ich keine unliebsamen Erinnerungen wecken wollte, hatte ich Jana diesbezüglich nicht befragt und wollte es auch weiterhin vermeiden. Wenn sie es mir erzählen wollte, würde sie mit Sicherheit zu gegebener Zeit darüber reden, aber ich wollte sie keinesfalls dazu nötigen. Auch am nächsten Tag erwähnte Jana mit keiner Silbe ihren Geburtstag. Sie zeigte keinerlei Vorfreude, oder besonders gute Laune, sondern verhielt sich wie immer, was mich allmählich verwunderte. Die bestellten Schuhe für sie wurden rechtzeitig geliefert und Pia hatte inzwischen die Konzertkarten besorgt, womit alle Vorbereitungen für Janas Geburtstag getroffen waren. Allmählich machte ich mir Sorgen, ob wir das Richtige taten. Eigentlich wollten wir alle Jana eine große Freude mit dem Konzert und den Klamotten machen, aber vielleicht wollte sie das gar nicht! Sie hatte nie von ihren früheren Geburtstagen erzählt. War ihr die besondere Aufmerksamkeit vielleicht sogar zu viel? Würden wir sie damit vielleicht sogar verärgern? Ich sah dem morgigen Tag mit mulmigem Gefühl entgegen, hoffte, dass wir Jana wirklich eine Freude machten und ihr nicht den Geburtstag verdarben!

*

Am nächsten Morgen, als Jana erwacht war, nahm ich sie in den Arm und gratulierte ihr zum Geburtstag.

»Danke, dass du daran gedacht hast!«, war Janas überraschende Antwort.

»Das war ja wohl das Mindeste, was ich für dich tun kann«, bemerkte ich verwirrt. »Ich wünsch dir auf jeden Fall einen wunderschönen und angenehmen Tag.«

»Danke, ist lieb von dir«, meinte Jana mit warmherzigem Lächeln, aber ohne besondere Anteilnahme.

»Freust du dich denn gar nicht?«, fragte ich behutsam, weil mich ihre Reaktion doch sehr verwunderte.

Jana zuckte die Schultern. »Ist doch nichts Besonderes. Ich werde eben ein Jahr älter, das ist alles.«

Mir klappte die Kinnlade runter. Das meinte sie doch nicht ernst! »A ... aber ... das ist ... sogar etwas ... sehr Besonderes!«, stotterte ich völlig durcheinander.

»Vielleicht für dich, aber bisher hat sich noch nie jemand für meinen Geburtstag interessiert. Wie gesagt: Ist auch nicht wichtig«, sagte meine Partnerin sanft aber bestimmt.

»Aber Jana! Das ... kann doch nicht ... dein Ernst sein! Hast du denn noch nie deinen Geburtstag gefeiert?«, fragte ich völlig perplex.

Meine Partnerin schüttelte nur den Kopf. »Meine Eltern haben sich meinen Geburtstag nicht gemerkt. Als ich sie einmal daran erinnerte, waren sie nur verärgert und meinten, ich solle mich nicht so wichtig nehmen. Somit war dies zukünftig ein ganz normaler Tag, wie jeder andere.«

Ich sah Jana entsetzt an. Angesichts derartiger Kaltherzigkeit fehlten mir die Worte! »Um Himmelswillen, was waren das denn nur für grausame Eltern...« Mir brach die Stimme und ich hatte Tränen in den Augen, nahm Jana ganz fest in den Arm und drückte sie an mich. »Ach Jana, du armes Mädchen...«

»Ist schon gut, mach dir nichts draus. Hab' mich schon lange dran gewöhnt«, sagte Jana sanft und streichelte mich. »Tut mir leid, dass ich dich traurig gemacht habe.«

Wir lagen eine Weile eng aneinandergeschmiegt beisammen und Jana streichelte mich, bis ich mich wieder gefangen hatte.

»Du bist sogar sehr wichtig! Deswegen wird dein Geburtstag zukünftig entsprechend gefeiert!«, bestimmte ich.

»Danke, das ist lieb von dir«, sagte Jana gerührt.

Ich erhob mich und sah Jana mit Verschwörermiene an. »Komm bitte mal mit!« Meine Partnerin sah mich verwundert an, kam aber meinem Wunsch nach und ließ sich von mir ins Esszimmer führen, wo sie meiner Mutter begegnete, die sie gleich in den Arm nahm und ihr gratulierte, was Jana sehr berührte! Anschließend führten wir sie zu ihrem Platz am Esstisch, wo ein großes Paket lag. Jana sah uns zuerst verwundert an.

»Das ist für dich!«, sagte meine Mutter feierlich.

»F ... fü ... für mich?«, stotterte Jana bewegt, worauf Mama und ich strahlend nickten. Jana öffnete behutsam das Paket, sah die ganzen schönen Kleider, Schuhe und ein wenig Schmuck. Dann stand sie nur noch völlig überwältigt vor ihrem Geschenk und begann vor Rührung zu weinen! Als Mama und ich sie in die Mitte nahmen, fiel sie uns um den Hals und weinte noch heftiger. Wir ließen sie gewähren, hielten sie fest und streichelten Jana, die längere Zeit brauchte, um sich wieder zu fangen. »Danke! Das ist so total lieb von euch!«, flüsterte sie mit rauer Stimme. »Ist das wirklich alles für mich?«, fragte meine Partnerin dann ungläubig.

»Das gehört alles dir! Und du wirst heute Abend einen Teil davon bereits brauchen«, orakelte meine Mutter verschmitzt, worauf ich Jana die Eintrittskarte für das Konzert reichte.

»Das ist ja meine Lieblingsband!«, rief Jana begeistert. »Aber da kann ich doch gar nicht hingehen, weil ich arbeiten muss«, meinte sie danach enttäuscht.

»Oh doch, da kannst du hingehen und das wirst du auch, denn ich werde heute für dich arbeiten! Ist schon mit Clive abgesprochen«, sagte ich mit spitzbübischem Lächeln. »Pia und Sue gehen auch ins Konzert und holen dich später ab. Ist alles schon geregelt!«

Jana sah mich gerührt an und umarmte mich nochmals glücklich. »Ach Mio! Du bist einfach eine Wucht!«

»Bist du auch, Engelchen!«, erwiderte ich vergnügt und gab Jana einen Kuss.

In diesem Moment kam Ina herein und lief fröhlich auf Jana zu. »Herzlichen Glückwunsch zum Geburtstag und alles Gute!«, rief meine kleine Schwester und umarmte Jana, die sich gerührt bei Ina bedankte. Dann übergab sie Jana ein kleines Päckchen.

»Für mich?«, fragte Jana überrascht, worauf Ina strahlend lächelte und nickte. Jana öffnete das Päckchen behutsam.

»Sind ein paar Buntstifte. Weil du sonst immer nur schwarz-weiße Bilder malst, dachte ich, die kannst du gebrauchen, um auch farbige Bilder zu malen«, erklärte Ina.

Jana war schon wieder den Tränen nah und bedankte sich gerührt bei meiner Schwester. »Ach Ina, du bist so ein liebes Mädchen!« Dann umarmte sie meine Schwester.

»Hab dich ganz arg lieb!«, meinte Ina und gab meiner Partnerin einen Kuss.

»Hab ich dich auch«, antwortete Jana mit rauer Stimme und gab den Kuss zurück.

»Viel Spaß noch!«, rief Ina vergnügt winkend und lief wieder hinaus.

»Dank dir!«, rief Jana ihr noch hinterher. Dann wandte sie sich der großen Kiste wieder zu. »Was habt ihr denn da alles gekauft?«, fragte Jana, die ihr Glück immer noch nicht fassen konnte. Wir brachten die Kiste in unser Zimmer und Jana begann ein Kleidungsstück nach dem anderen anzuprobieren, drehte sich verzückt vor dem Spiegel und war total begeistert. »Die sind ja alle wunderschön und passen sogar bestens!«

»Ja, Mio hat ein gutes Augenmaß«, bestätigte meine Mutter und legte die Kleidung beiseite, die Jana heute Abend zum Konzert anziehen sollte.

»Ist der Rock nicht ein bisschen kurz?«, fragte Jana unsicher.

»Oh nein, der ist genau richtig! Sollen die anderen ruhig mal sehen, wie hübsch du bist!«, sagte Mama aufmunternd, worauf sich Jana verlegen für das Kompliment bedankte. Dann sah sie erschrocken auf die Uhr. »Oje, ich muss ja kochen!«

»Geh ruhig, wir räumen das noch auf«, bemerkte ich, worauf meine Mutter hinaus eilte.

Ich sah Jana, die im Moment nur einen Slip trug, verschmitzt an. »Wenn du schon mal so nackt bist, feiern wir deinen Geburtstag noch auf andere Art.« Ich zog sie zum Bett und drückte Jana schelmisch auf die Matratze. Dann entkleidete ich mich rasch und legte mich zu ihr. Die Zeit bis zum Essen versüßte ich ihr anschließend auf sehr gefühlvolle und erotische Weise, womit ich ihr ein weiteres liebevolles Geschenk machte!

*

Nach dem Abendessen hatte sich Jana für das Konzert umgezogen und stand nun vor Mios Mutter Mira, die sie bewundernd betrachtete.

»Du siehst toll aus!«, sagte Mira verzückt. »Da hat Mio genau das Richtige für dich ausgesucht!«

Jana senkte kurz verlegen den Blick und bedankte sich schüchtern für das Kompliment. Sie trug ein dunkelblaues, glänzendes Top, das knapp über dem Bund des kurzen, schwarzen Rocks endete, dazu eine Netzstrumpfhose und glänzende Lackschuhe.

»Da fehlt aber noch etwas«, meinte Mira mit kritischem Blick.

»Was denn?«, fragte Jana erstaunt. »Ich hab' doch alles angezogen.«

»Das meine ich nicht«, antwortete Mira lächelnd. »Komm bitte mal mit«, bat sie Jana, führte sie ins Elternschlafzimmer und ließ sie vor dem Waschtisch platznehmen. Dann öffnete sie ihren Schminkkoffer und verschönerte Janas Gesicht. Mira trug einen sanften Lidschatten auf, deckte die Wangen mit ein wenig Rouge und färbte Janas Lippen mit dem passenden Farbton. »So fertig! Schau bitte mal nach, ob dir das zusagt.«

Jana sah in den Spiegel und bekam große Augen. Sie hatte sich zuvor noch nie geschminkt, weil ihr dafür bisher immer das Geld fehlte, weshalb sie umso beeindruckter war, als sie ihr Gesicht betrachtete. »Das sieht sehr schön aus!«

»Freut mich, wenn es dir gefällt«, sagte Mira mit liebevollem Lächeln.

»Danke, aber das wäre doch nicht nötig gewesen«, sagte Jana schüchtern.

»Oh doch! Das war auf jeden Fall nötig! Denn du bist ein sehr hübsches Mädchen und das sollen ruhig auch alle sehen!«, meinte Mira und streichelte Jana mit einem Pinsel über die Nase, worauf Mios Partnerin erneut verlegen den Blick senkte und sich für das Kompliment bedankte. In diesem Moment klingelte es an der Haustüre. Mira und Jana eilten zurück ins Wohnzimmer, während Mios Vater Joshua die Türe öffnete. Es waren Pia und Sue, die Jana abholen wollten. Als die Mädchen das Wohnzimmer betraten, bekam Pia beim Anblick von Jana große Augen.

»Wow! Voll die Rockerbraut!«, rief Pia grinsend.

»Sag doch sowas nicht!«, sagte Jana verlegen und wurde rot, worauf Pia sie lachend umarmte.

»Siehst voll süß aus!« Pia musterte ihre Freundin mit warmherzigem Lächeln.

Jana bedankte sich schüchtern für das Kompliment. »Ihr seht aber auch klasse aus!«

Pia trug ein dunkelrotes, bauchfreies Top, einen kurzen Lederrock, eine schwarzglänzende Strumpfhose und schwarze Schuhe, während Sue eine schwarze Jeans, rote Schuhe und ein T-Shirt anhatte, auf dem ein Drache abgebildet war.

Weil Pia auch ihr Gesicht im Gothic-Stil mit dunkel umrandeten Augen und einem dunkelvioletten Lippenstift geschminkt hatte, meinte Sue: »Wenn Pia jetzt noch lange Eckzähne hat, könnte man sie glatt für eine Vampirkönigin halten.«

»Stimmt!«, meinte Jana schmunzelnd.

»Dann passt bloß auf, dass ich euch nicht beiße!«, drohte Pia scherzhaft und musterte darauf Jana erstaunt. »Hast du dich so geschminkt?«

Jana schüttelte den Kopf. »Nein, das war Mira. Ich kann das nämlich nicht.«

»Sieht echt klasse aus!«, rief Pia beeindruckt. »Bist noch hübscher als sonst!« Jana errötete nochmals und bedankte sich für das Kompliment.

In diesem Moment kam Joshua herein, bekleidet mit Jeans, Lederjacke und Sonnenbrille, was die Mädchen zum Grinsen brachte. »Wer hat Bock auf Rock?«, fragte er laut.

»Wiiiir!«, riefen die Mädchen im Chor und lachten vergnügt.

»Dann folgt mir, Mädels!«, kommandierte Joshua und wandte sich der Türe zu, während seine Ehefrau amüsiert den Kopf schüttelte.

Jana zögerte einen Moment, lief dann zu Mira, umarmte sie herzlich und schmiegte sich kurz an sie. »Danke für alles!«

»Machen wir doch gerne!«, versicherte Mios Mutter und streichelte Jana über den Kopf. »Und jetzt amüsier dich gut!«

»Mach ich!«, antwortete Jana, drückte Mira noch einmal und lief dann den Freundinnen nach, während Mira ihr gerührt hinterherblickte.

Joshua fuhr die Mädchen zum Veranstaltungsort und versprach, sie nach dem Konzert wieder abzuholen. »Na dann, let's Rock!«, rief er grinsend und mit erhobener Faust auf dem Parkplatz.

»Let's Rock!«, antworteten die Mädchen im Chor und hoben ebenfalls die Fäuste. Dann winkten sie und liefen lachend und fröhlich scherzend zum Eingang, während Joshua ihnen ein wenig wehmütig nachblickte und sich dabei an die Zeit erinnerte, als er im gleichen Alter wie die Mädchen war. Bei dieser Erinnerung musste er schmunzeln, denn damals durchlebte er auch eine turbulente und fröhliche Zeit. Wieder zuhause umarmte er Mira und gab ihr einen Kuss.

»Einer der seltenen Momente, wo wir einmal Zeit für uns haben. Nachdem Ina bereits schläft, Mio bei der Arbeit ist und Jana beim

Konzert, könnten wir doch mal einen ganz besonderen Abend nur für uns allein genießen«, säuselte Joshua mit spitzbübischem Lächeln.

»An was hast du dabei gedacht?«, fragte Mira lächelnd.

Statt einer Antwort schenkte Joshua ihr einen liebevollen Blick, schob seine Hände unter Miras Oberteil und streichelte sanft ihren nackten Oberkörper, wobei er sie innig küsste. Mira umarmte darauf ihren Partner und genoss seine zärtlichen Berührungen.

Nachdem sich ihre Lippen voneinander lösten, lächelte Mira geheimnisvoll. »Sollen wir das an einem geeigneten Ort fortführen?«, fragte sie schelmisch.

»Unbedingt!«, antwortete Joshua und folgte ihr ins Schlafzimmer.

*

Als ich von der Arbeit zurückkehrte, lag auf dem Esszimmertisch ein Zettel mit einer Notiz meines Vaters, dass er die Mädchen vom Konzert abholte und sie nach Hause fuhr. So duschte ich und machte mich bettfertig, um anschließend auf Janas Rückkehr zu warten.

*

Etwas später betrat Joshua zusammen mit Jana das Haus. Er wollte ihr gerade noch eine gute Nacht wünschen, als Jana ihn umarmte und mit feuchten Augen anblickte.

»Danke! Vielen Dank für die vielen Geschenke und den tollen Tag! Und vielen Dank auch, dass ihr immer so lieb seid und so viel für mich tut! Ich stehe so tief in eurer Schuld...« Janas Stimme brach und sie schmiegte sich fest an Mios Vater, der sie gerührt in den Arm nahm und streichelte.

»Nicht doch, du bist uns nichts schuldig! Schuldig sind nur deine Eltern, die dich so sträflich vernachlässigt haben und dich so mies behandelten, dass es eigentlich ein Fall für das Jugendamt wäre!« Jana sah ihn erschrocken an. »Jetzt, wo du achtzehn bist, spielt das jedoch keine Rolle mehr. Wir geben dir nur, was jeder junge Mensch braucht und auch verdient: Ein angenehmes und liebevolles Zuhause, wo du dich sicher und geborgen fühlst, Halt und Unterstützung bekommst und stets jemand für dich da ist. Das tun wir gerne für dich, denn wir haben dich in all der Zeit sehr lieb gewonnen und möchten dir einen guten Start ins Leben geben! Der Nachteil für dich ist, dass du dich nun mit zwei anderen peinlichen und uncoolen Alten herumschlagen musst, die dir manchmal sagen, was du tun solltest, wie zum Beispiel bald ins Bett gehen!«, sagte Joshua zwinkernd, was Jana ein Lächeln entlockte. »Keine Sorge, du bist uns ganz bestimmt nichts schuldig. Genieß einfach deine Zeit und lass es dir gutgehen. Das hast du nach all den Schwierigkeiten und den harten Jahren mehr als verdient!« Joshua streichelte Jana mit liebevollem Lächeln über den Kopf, worauf sich das junge Mädchen nochmals kurz an ihn schmiegte und ihm einen dankbaren Blick zuwarf.

»Hab' euch lieb!«, flüsterte Jana gerührt.

»Haben wir dich auch«, versicherte Joshua liebevoll. »Jetzt aber ab ins Bett!«, polterte er zwinkernd, was Jana erneut ein Lächeln entlockte.

Nach einem gegenseitigen Gutenachtkuss verabschiedete sich Jana für die Nacht und ging ins Kinderzimmer, während Joshua ihr liebevoll nachblickte.

*

Jana öffnete leise die Zimmertüre. »Oh, du bist noch wach?«, sagte sie verwundert.

»Klar! Ich will unbedingt sehen, wie du in den neuen Klamotten aussiehst«, worauf ich sie bewundernd ansah. »Wow, steh'n dir echt super! Siehst voll scharf aus!« Jana bedankte sich schüchtern für das Kompliment. »Und klasse geschminkt bist du auch!«

»Das hat deine Mama für mich gemacht. War echt total lieb von ihr!«, sagte Jana gerührt. »Wie bekomm ich denn die Farbe am besten wieder ab?«, fragte sie anschließend etwas verlegen.

»Zeig ich dir, geht ganz einfach.« Ich ließ Jana vor dem Schminktisch platznehmen und half ihr beim Abschminken. Danach ging sie rasch duschen, legte sich dann zu mir und erzählte von dem Konzert.

»Pia war wieder voll schräg. Gleich am Eingang hat sie mit einem Wachposten geflirtet und ihn gefragt, ob er nicht eine Leibesvisitation bei ihr machen will. Der Wächter war davon aber eher genervt. Sue meinte, sie sei mal wieder ziemlich peinlich, worauf Pia sagte, Sue wäre ja nur neidisch«, schilderte Jana kichernd.

»Typisch Pia!«, bemerkte ich mit amüsiertem Kopfschütteln.

Jana berichtete begeistert weiter von dem Konzert, bis es mir schwerfiel ihr zu folgen, weil mich die Müdigkeit überkam, was Jana letztlich bemerkte.

»Entschuldige! Ich quassel und quassel und du bist müde und willst schlafen.« Sie senkte kurz verschämt den Blick. »Tut mir leid, ich bin rücksichtslos zu dir.«

Ich schenkte ihr ein verständnisvolles Lächeln. »Nein, bist du nicht! Freue mich doch, dass es dir so gut gefallen hat und du Spaß hattest!«, worauf ich ihr über den Kopf streichelte. »War wohl dein erstes Konzert.«

Jana nickte. »Bisher konnte ich mir die Karten nicht leisten.«

»Dann freut es mich um so mehr, dass es dir so gut gefallen hat!«, versicherte ich und schmiegte mich an meine Partnerin.

»Danke für das Konzert und dass du es mir ermöglicht hast hinzugehen!« Jana bekam feuchte Augen. »Das war total lieb von dir!« Sie umarmte mich und gab mir einen Kuss. »Und danke auch für die vielen schönen Kleider! Ich kann's immer noch nicht glauben, dass ich so reich von euch beschenkt wurde! Das war so toll...« Ihre Stimme brach und sie begann vor Rührung zu weinen. »Danke, dass ihr alle ... so lieb ... zu mir seid«, flüsterte sie mit tränenerstickter Stimme.

Ich streichelte sie sanft, bis sie sich wieder gefangen hatte. »Machen wir doch gerne! Außerdem sind das alles Sachen, die du bald brauchen wirst und die in jeden Kleiderschrank gehören.«

»Trotzdem ist das total großzügig von euch!«, antwortete Jana bewegt. »Ach Mio, ihr macht mich alle so glücklich!« In ihren Augen sammelten sich erneut Tränen der Rührung.

»Du machst uns auch glücklich, vor allem mich!«, versicherte ich ihr, schmiegte mich erneut an sie und liebkoste Jana zärtlich. So lagen wir selig beisammen und tauschten noch eine Weile Zärtlichkeiten aus, bis wir gemeinsam ins Traumland abtauchten.

*

Am Samstagmorgen summten Janas und mein Smartphone, als wir gerade aufgestanden waren. Es war eine Textnachricht von Sayu, die uns mitteilte, dass der Vater von Cindy und Joey am folgenden Mittwoch Vormittag beerdigt würde. Zur Schonung der Kinder sollte die Beisetzung jedoch nur in kleinem Rahmen stattfinden.

»Willst du hingehen?«, fragte ich Jana.

»Einerseits ja, denn ich war damals im Krankenhaus Cindys erster Ansprechpartner und habe ihr den Kontakt zu Sayu vermittelt. Deshalb möchte ich den Kindern auch diesmal beistehen. Andererseits habe ich etwas Angst, weil ich nicht weiß, ob ich dann am Grab nicht einfach losheule und alles nur noch schlimmer mache. Außerdem war ich noch nie auf einer Beerdigung und weiß nicht, wie man sich da verhält«, gab meine Partnerin zu. »Warst du schon einmal auf einer Beerdigung?«

Ich nickte. »Vor fünf Jahren ist mein Opa mütterlicherseits verstorben. Damals war ich bei seinem Begräbnis dabei.« Ich machte wohl ein trauriges Gesicht, denn Jana umarmte und streichelte mich sanft.

»Bitte entschuldige, ich wollte dir nicht wehtun«, sagte Jana verschämt.

»Schon in Ordnung, das konntest du ja nicht wissen«, antwortete ich verständnisvoll und gab ihr einen Kuss. »Wenn du willst, begleite ich dich auf die Beisetzung von Cindys und Joeys Vater, sofern dir das hilft.«

»Das kann ich nicht von dir verlangen, denn ich möchte keine unangenehmen Erinnerungen bei dir wecken«, sagte Jana beklommen.

»Das tust du nicht. Ich bin über den Tod meines Opas hinweggekommen. Da am Mittwoch niemand aus meiner Verwandtschaft beerdigt wird, macht mir das auch nicht viel aus. Brauchst dir also keine Sorgen zu machen. Du tust mir nicht weh damit«, versicherte ich beruhigend.

»Ist dir das wirklich nicht zu unangenehm?«, fragte Jana unsicher.

»Nein, keine Sorge, das macht mir nichts aus«, bestätigte ich mit gütigem Lächeln und streichelte Jana über den Kopf.

»Danke! Das ist total lieb von dir!«, sagte Jana verlegen. »So würde ich mich sicherer fühlen.«

»Dann gehen wir beide am Mittwoch zur Beerdigung. Ich schreibe gleich Sayu, damit sie Bescheid weiß«, schlug ich vor.

»Danke! Hab' dich ganz arg lieb!«, flüsterte Jana gerührt.

»Hab' ich dich auch!«, gab ich zurück und küsste Jana. Dann sandte ich Sayu unsere Entscheidung zu und frühstückte anschließend mit Jana, wobei ich meine Eltern über Sayus Nachricht und unser Vorhaben informierte. Anschließend halfen wir meiner Mutter, indem wir die gewaschene Kleidung im Garten aufhängten. Da kam mein Vater aus dem Haus und hielt einen Büstenhalter in der Hand.

»Den habt ihr in der Waschmaschine vergessen«, erklärte er und reichte Jana den BH. »Trägst du auch solche Kleidungsstücke?«, fragte Paps meine Partnerin grinsend.

Jana wurde rot, nickte dann aber, teils verlegen, teils amüsiert.

»Also Paps, du bist echt voll peinlich!«, schimpfte ich in gespieltem Ärger.

»Man wird ja wohl noch fragen dürfen!«, polterte mein Vater mit spitzbübischem Lächeln.

Ich verdrehte die Augen und knurrte: »Männer!«, worauf mein Vater lachend ins Haus zurückging. »Ich hoffe, er nervt dich nicht«, fragte ich Jana behutsam.

»Nein, gar nicht«, antwortete Jana lächelnd. »Dein Paps ist immer so lieb und hilfsbereit, dann darf er mich auch mal aufziehen. Ich weiß ja, dass er es nicht böse meint.«

»Freut mich, dass du es so siehst«, bemerkte ich, während sich ein Grinsen auf mein Gesicht stahl. Ich zog den Kragen ihres Tanktops etwas nach vorne und schaute in ihren Ausschnitt. »Du trägst ja gar keinen BH!«

»Hey! Finger weg!«, schimpfte Jana scheinbar empört und verpasste mir einen Klaps auf die Hand. »Frechheit!«, brummte sie amüsiert und warf mir einen strafenden Blick zu, was ich mit einem spitzbübischen Zwinkern quittierte. Als ich danach ein Wäschstück auf die Leine hängte und dabei mein T-Shirt nach oben rutschte, kitzelte Jana im Vorbeigehen meinen entblößten Bauch, worauf ich mit einem Aufschrei die Arme herunterzog, während Jana mir schmunzelnd zuzwinkerte. So dauerte das Aufhängen der Wäsche doch etwas länger, weil wir dabei ziemlich albern waren und uns gegenseitig aufzogen. Anschließend fuhr ich mit Paps einkaufen, während Jana meiner Mutter weiter im Haushalt half, bis sie zur Arbeit gehen musste. Nachmittags kümmerte ich mich um Ina, alberte mit ihr herum, las ihr Geschichten vor und ging mit ihr zum Spielplatz. Nach dem Abendessen holte mein Vater ein Puzzle mit tausend Teilen hervor und legte eine große Holzplatte auf den Wohnzimmertisch, worauf wir ein kleines Stück des Puzzles im Laufe des Abends zusammensetzten. Am Sonntagvormittag half Jana mit, wobei sich zeigte, dass ihr fotografisches Gedächtnis dabei sehr hilfreich war, denn sie schaffte es schneller als jeder andere, die Puzzlestücke an die richtige Stelle zu platzieren, so dass wir nur noch ein kleines Stück zusammensetzen mussten, während meine Partnerin bei der Arbeit war. Dank Jana schafften wir, das Puzzle viel schneller fertigzustellen, als uns das früher gelungen war, was alle sehr beeindruckte!

*

»Wie wäre es, wenn ich dir heute Vormittag Selbstverteidigung beibringe?«, fragte ich Jana am Montag nach dem Frühstück. »Paps hat mit Mama und mir Rirado trainiert und uns einiges beigebracht.« Jana sah mich fragend an. »Das ist Paps Abkürzung für eine Mischung aus Ringen, Karate und Judo«, erklärte ich schmunzelnd. »Mein Vater hat nämlich längere Zeit die drei Kampfsportarten ausgeübt und ist echt gut darin. Wenn du willst, bringe ich es dir bei, dann bist du nicht mehr so wehrlos, wenn man dich angreift«, schlug ich vor.

Jana dachte kurz nach. »Ich glaube nicht, dass ich das so gut lerne, wie du oder unsere Freundinnen. Wahrscheinlich stelle ich mich da ziemlich doof an«, meinte sie skeptisch.

»Bestimmt nicht!«, versicherte ich aufmunternd. »Ich bin mir sogar sicher, dass du das recht gut lernen wirst!« Ein verschmitztes Lächeln stahl sich auf meine Lippen. »Außerdem kannst du mich dann aufs Kreuz legen«, bemerkte ich zwinkernd.

Jana legte den Kopf schief und sah mich mit amüsiertem Lächeln an. »Das klingt verlockend!«

»Dachte ich mir, dass dir das gefällt«, antwortete ich fröhlich.

»Also gut, bin dabei!«, stimmte Jana vergnügt zu. »Was soll ich denn anziehen?«

Ich schien zu überlegen. »Am besten nichts«, sagte ich grinsend. Jana warf mir einen strafenden Blick zu. »Das könnte dir so passen!«, worauf ich intensiv nickte, was Jana zum Lachen brachte. »Das Programm machen wir dann nach dem Training«, flüsterte sie mit Verschwörermiene, wozu ich mein Einverständnis gab.

»Zieh dir einfach was Bequemes an, dann zeige ich dir Paps Folterkammer«, erklärte ich.

»Folterkammer?« Jana sah mich mit gespieltem Entsetzen an, was mich zum Lachen brachte.

»So nennt Paps seinen Trainingsraum im Keller.«

Jana atmete scheinbar erleichtert auf. »Ach so!«

Nachdem wir uns umgezogen hatten, führte ich meine Partnerin in den Trainingsraum und begann mit den ersten Übungen. Wie üblich lernte auch Jana diese Lektionen recht schnell, und es dauerte nicht lange, da legte sie mich auch schon mehrmals auf die Matte. Das Training machte ihr Spaß, weshalb wir den Vormittag mit Rirado verbrachten. Danach löste Jana ihr Versprechen unter der Dusche ein, wo wir uns gegenseitig verwöhnten. Nachmittags ruhten wir uns erst einmal aus, wobei ich Jana erzählte, dass meine Eltern die Kosten übernahmen, damit wir beide den Führerschein machen konnten. Sie war zunächst etwas verlegen, freute sich jedoch über die Hilfe.

»Dann müsstest du mich aber wieder bei Clive vertreten, wenn ich theoretischen oder praktischen Unterricht habe«, stellte sie fest.

»Kein Problem! Wir müssen nur aufpassen, dass wir beide nicht am gleichen Tag Unterricht haben«, bemerkte ich.

»Ist das auch wirklich in Ordnung? Ich will dich nämlich nicht ausnützen!«, sagte Jana verlegen.

»Das tust du doch nicht«, versicherte ich beruhigend. »Wie du bereits sagtest, muss ich später sowieso arbeiten gehen. Dann fange ich eben nur etwas früher damit an.« Ich streichelte ihr mit verständnisvollem Lächeln über den Kopf. »Keine Sorge! Ist schon in Ordnung.« Ich begann zu grinsen. »Und wenn du mich je ausnützen solltest...« Darauf hob ich die Arme und machte Kitzelbewegungen mit den Fingern, während ich diabolisch lächelte.

»Schon gut! Ich hab's kapiert!«, beeilte sich Jana zu sagen, und wich zurück, während ich meine gespielte Drohung aufgab und ihr lächelnd die Haare verstrubbelte.

Als mein Vater am späten Nachmittag nachhause kam, nahm er Jana und mich zur Fahrschule mit, wo wir uns anmeldeten und die nötigen Unterlagen erhielten. Danach verbrachten wir einen fröhlichen Abend auf dem Wohnzimmersofa, wo wir uns vor dem Fernseher zusammenkuschelten und eine Show ansahen. Dieses liebenswerte Ritual erfreute Jana immer sehr, weil sie dann an mich geschmiegt in meinen Armen lag, und Paps oder Mama uns oft auch noch umarmten, wodurch sich meine Partnerin geliebt und geborgen fühlte. Ein Gefühl, das sie von ihrem Elternhaus nicht kannte, weshalb sie es um so mehr genoss!

*

Am Dienstagnachmittag begegnete Jana auf dem Weg zur Arbeit am Bahnhof einer Mitschülerin.

»Hallo Nikki, was machst du denn hier?«, rief Jana überrascht.

»Ich hab' hier auf dich gewartet«, weil ich dir etwas geben will«, antwortete Nikki verschüchtert, kramte in ihrer Handtasche und zog eine kleine Papiertüte heraus, die sie Jana überreichte.

»Für mich?«, fragte Jana verwundert, worauf Nikki bestätigend summte. Jana nahm die kleine Tüte unsicher an sich und zog den Inhalt behutsam heraus. »Das ist ja meine Halskette!«, rief Jana erfreut.

»Ich hab sie reparieren lassen, weil sie damals kaputt ging, als ich sie dir wegnahm«, erklärte Nikki kleinlaut. »Es ... tut mir

leid ... dass ich damals ... so gemein zu dir war.« Nikki schluckte heftig. »Deshalb wollte ich dir die Kette zurückgeben...« Ihre Stimme brach und sie senkte verschämt den Blick.

Jana sah sie gerührt an und umarmte dann ihre überraschte Mitschülerin. »Ach Nikki, das ist total lieb von dir! Vielen Dank!« Sie ließ Nikki los und streichelte ihr mit warmherzigem Lächeln über den Arm.

»Ich weiß, das macht nicht gut, was ich dir früher alles angetan habe, aber vielleicht kann ich damit wenigstens etwas Schadensbegrenzung betreiben«, sagte Nikki leise mit gesenktem Blick. »Ich schäme mich heute so sehr, dass ich damals so gehässig zu dir war.« Ihre Stimme war zu einem Flüstern geworden.

»Ist schon in Ordnung! Ich habe dir doch damals schon verziehen, als du dich im Krankenhaus bei mir entschuldigt hast. Außerdem hast du mir gerade eine riesen Freude gemacht, weil das nämlich meine Lieblingskette ist!«, sagte Jana verständnisvoll.

Nikki stand beklommen da und wusste nicht, was sie sagen sollte.

Jana betrachtete die Kette erfreut, steckte sie dann wieder vorsichtig in die Papiertüte und legte das Schmuckstück in ihre Handtasche.

»Möchtest du mich ein Stück begleiten?«, fragte sie anschließend, um Nikki aus ihrer Verlegenheit zu helfen.

»Wenn ich dir ... nicht lästig bin«, antwortete Nikki schüchtern.

»Nein, gar nicht!«, versicherte Jana mit freundlichem Lächeln.

So spazierten die beiden Mädchen in Richtung von Janas Arbeitsstätte.

»Wie geht's dir denn?«, fragte Jana behutsam.

»Danke, ganz gut. Nach dem guten Abschlusszeugnis kann ich die Ferien verbringen, wie ich will, und muss nicht lernen. Das tut echt gut«, erklärte Nikki.

»Freut mich, dass du ausspannen kannst«, antwortete Jana.

»Und wie geht's dir? Hast du dich von dem Unfall erholt?«, fragte Nikki unsicher.

»Danke, ja! Inzwischen ist alles verheilt und ich kann auch die Ferien genießen.«

»Prima!«, meinte Nikki erleichtert. »Dann hast du hoffentlich eine angenehme Zeit mit Mio.«

»Auf jeden Fall! Ich halte sie gerade ziemlich auf Trab«, sagte Jana verschmitzt, was Nikki ein Lächeln entlockte. Jana wusste, dass Nikki wegen ihres schlechten Rufs keine Freunde hatte, weshalb sie ihre Mitschülerin bedauerte. »Wenn dir langweilig ist, oder du nicht alleine sein willst, darfst du mich oder Mio gerne anrufen. Dann stellen wir zusammen was an!«, bemerkte Jana gütig.

»Danke, das ist lieb von euch! Ich will aber nicht aufdringlich sein«, antwortete Nikki verschämt.

»Das bist du nicht, sonst hätte ich es auch nicht vorgeschlagen! Darfst dich also jederzeit bei uns melden!«, versicherte Jana mit freundlichem Lächeln, worauf sich Nikki verlegen bedankte.

Kurze Zeit später erreichten die Mädchen das kleine Restaurant, in dem Jana arbeitete, und verabschiedeten sich herzlich voneinander. Jana winkte Nikki noch kurz zu, dann betrat sie das Gebäude. Nikki sah ihr betreten nach und konnte es immer noch kaum glauben, dass Jana sie so nett behandelte, nachdem Nikki früher so gemein zu ihr war. Aber Janas Freundlichkeit war ehrlich, daran bestand kein Zweifel! Das war einerseits beschämend für Nikki, jedoch tat es auch gut, dass Mio und Jana so nett zu ihr waren. Aufgrund ihrer früheren Boshaftigkeit wurde Nikki von den anderen Mitschülern gemieden, manchmal sogar gehasst! Früher hatte sie das eher erfreut, inzwischen befürchtete sie jedoch, dass manche ihrer früheren Opfer sich an ihr rächten! Mios Clique hatte sie einmal aus einer gefährlichen Situation gerettet, als mehrere Jungs sie umstellten und drohten, sie zu verhauen. Deshalb hielt sich Nikki während der Schule in der großen Pause immer abseits des Schulhofes auf, wo sie kaum zu sehen war, sich jedoch niemand unbemerkt nähern konnte. Auch jetzt, in den Ferien, mied sie Orte, wo sie Mitschülern begegnen konnte, was nicht gerade einfach war! Unterwegs beobachtete sie immer aufmerksam die Umgebung, um keine unangenehmen Überraschungen zu erleben. Somit lebte Nikki, wenn sie unterwegs war, in ständiger Angst vor den Folgen ihres damaligen Verhaltens, weshalb sie nur ungern die Wohnung verließ. Ihr Vater hatte sie zwar in Selbstverteidigung unterrichtet, aber gegen mehr als einen Gegner konnte sie sich nicht zur Wehr setzen. Also vermied sie möglichst derartige Konflikte und versuchte unbemerkt zu bleiben. Deshalb beeilte sie sich nach dem Treffen mit Jana, nach Hause zu gelangen, was ihr auch diesmal unbeschadet gelang.

*

Als Jana mir nach ihrer Rückkehr von der Arbeit die Kette zeigte, welche Nikki ihr zurückgegeben hatte, freute ich mich mit ihr. Nikki schien tatsächlich geläutert zu sein und war nun freundlich zu Jana, was mich ebenfalls freute. Wenigstens hatte sie ihr Versprechen gehalten, so dass meine Partnerin hoffentlich nichts mehr von ihr zu befürchten hatte! Jana erzählte mir auch, dass sie Nikki anbot, sich bei uns zu melden, wenn ihr langweilig war, oder sie Gesellschaft brauchte, weil sie keine Freunde hatte und bei den Mitschülern recht unbeliebt war. Ich hatte nichts dagegen, zumal ich schon öfter die große Pause in der Schule mit Nikki verbrachte, damit sie nicht so alleine war. Dabei hatte sich unsere Klassenkameradin recht freundlich und vernünftig verhalten, weshalb gegen einen näheren Kontakt nichts einzuwenden war. Wir mussten nur aufpassen, dass wir unsere Freundinnen nicht verärgerten, denn vor allem Pia mochte Nikki nicht besonders, doch das würde sich im Laufe der Zeit schon einspielen. Für heute war ich erst einmal froh, dass sich soweit alles zum Guten entwickelte, so dass Jana und ich noch den Rest der Ferien genießen konnten.

*

Am nächsten Morgen war Jana überraschend still und schien ein wenig ängstlich zu sein. »Was ist los, bedrückt dich etwas?«, fragte ich behutsam.

»Ich hab' ein bisschen Bammel vor dem heutigen Begräbnis«, gab sie nach kurzem Zögern zu.

»Das brauchst du nicht! Ich bin doch bei dir, oder willst du lieber doch nicht hingehen?«, bemerkte ich.

»Doch, will ich schon. Ich weiß bloß nicht, wie ich zurechtkomme. Ich will's den Kindern nicht noch schwerer machen, oder uns in Verlegenheit bringen, weil ich gleich losheule«, sagte Jana betreten.

»Na und? Ein Friedhof ist ein Ort der Trauer. Da darfst du ruhig weinen, wenn dir danach ist, das nimmt dir niemand übel und du bringst uns damit auch nicht in Verlegenheit«, antwortete ich beruhigend. Jana sah mich verunsichert an. »Hey, ist schon in Ordnung! Ich bin doch da! Und wenn es dir zu viel wird, gibst du mir einfach ein Zeichen, dann ziehen wir uns unauffällig zurück.«

Jana senkte kurz verschämt den Blick. »Danke, das ist echt lieb von dir!«, sagte sie mit rauer Stimme. »Ich hoffe, ich verlange nicht zu viel von dir.«

»Nein! Keine Sorge! Wenn es mir zu viel wird, dann sag ich dir das!«, versicherte ich.

Jana umarmte mich liebevoll und gab mir einen Kuss. »Danke! Du bist echt ein Schatz!«, flüsterte sie gerührt.

»Bist du doch auch«, gab ich zurück und drückte Jana sanft an mich.

Danach frühstückten wir, zogen uns um und fuhren mit dem Bus zum Friedhof, an dessen Eingang wir Sayu, Steve, Cindy und Joey trafen. Wir sprachen unser Beileid aus und liefen dann gemeinsam zum Grab, wo der Pfarrer bereits wartete. Gleich darauf begann die Beisetzung. Jana und ich waren die einzigen Trauergäste und hielten uns etwas im Hintergrund. Es war rührend, mit anzusehen, wie Cindy ihren kleinen Bruder die ganze Zeit an der Hand hielt und versuchte, ihm so etwas Halt und Geborgenheit zu geben. Auch nach der Trauerfeier zeigte sie übermenschliche Stärke, als sie den heftig weinenden Joey festhielt, ihn sanft, liebevoll und geduldig tröstete, obwohl sie selbst an ihrer Trauer fast zerbrach! Aber in all den Jahren, während sie ihren schwerkranken Vater gepflegt und ihren kleinen Bruder ganz alleine versorgte, hatte sie gelernt, ihre Gefühle und Bedürfnisse hintanzustellen. Nur manchmal in der Nacht, wenn niemand sie hörte, weinte sie manchmal leise in ihr Kissen und ließ ihrer Verzweiflung freien Lauf. Doch nun waren Sayu und Steve für die Kinder da, kümmerten sich mit rührender Sorgfalt um sie und nahmen sie bei sich auf! Der Tod des geliebten Vaters war zwar sehr schmerzhaft für die Kinder, beendete jedoch auch das Martyrium, dem vor allem Cindy viele Jahre lang ausgesetzt war. Nun konnten die Kinder in Liebe und Geborgenheit bei ihren neuen Eltern aufwachsen, wo es ihnen hoffentlich an nichts mangelte. Dieses Wissen tröstete Jana und mich, während wir schweigend und betroffen im Bus nebeneinander saßen und unseren Gedanken nachhingen. Jana war danach für die Abwechslung in ihrem Job dankbar, während ich mich mit Sue und Pia traf, um ihnen von dem Begräbnis zu erzählen. Dabei erfuhr ich von Sue, dass Sayu die Schule abbrach, um jetzt gänzlich für die Kinder da zu sein. Das erschreckte mich im ersten Moment, da Sayu somit keinen Schulabschluss hatte! Ausgerechnet das letzte Schuljahr fehlte dadurch meiner Freundin!

»Sayu sagte, sie könne ihren Schulabschluss auch später noch nachholen, aber jetzt will sie sich mit aller Kraft um die Kinder kümmern, die nun gerade besonders viel Zuneigung und Hilfe brauchen! Damit hat sie durchaus recht. Steve war zunächst skeptisch, ist aber einverstanden, weil er demnächst die Werkstatt

seines Vaters übernimmt und damit Sayu und die Kinder sicher finanziell versorgen kann. Sayus Eltern sind von der Entscheidung gar nicht begeistert, müssen sie aber wohl oder übel akzeptieren«, erklärte Sue.

»In der Hinsicht war Sayu schon immer konsequent, das muss man ihr lassen!«, sagte ich beeindruckt. »Unter diesen Bedingungen kann ich ihre Entscheidung durchaus verstehen, denn das letzte Schuljahr wird ziemlich hart. Wenn ich an die ganzen Prüfungen denke, die uns bevorstehen, hätte Sayu nur wenig Zeit für die Kinder, wahrscheinlich zu wenig!«

Pia nickte gedankenverloren. »Wenn ich daran denke, was die Kinder in den letzten Jahren mitgemacht haben, ist es wohl durchaus angebracht, dass Sayu sich jetzt intensiv um sie kümmert. Sayu hat sich sowieso schon immer Kinder gewünscht, die sie jetzt schneller bekam, als sie dachte, auch wenn es nicht ihre eigenen sind. Trotzdem beeindruckt es mich, wie sehr Sayu in ihrer Rolle als Ersatzmama aufgeht! Wie viel Freude sie dabei hat, sich um die Kinder zu kümmern und wie wohl sich die Kinder bei ihr fühlen! Ich denke, sie tut das Richtige!«

»Da hast du sicher recht! Trotzdem werd' ich sie in der Schule vermissen!«, bestätigte ich.

»Geht uns genauso! Dann überfallen wir sie eben in unserer Freizeit!«, meinte Sue grinsend.

»Bin dabei!«, ergänzte Pia zwinkernd.

Wir saßen noch eine Weile plaudernd beisammen, anschließend machte ich mich auf den Heimweg und erzählte meinen Eltern von Sayus Entscheidung. Die waren zwar im ersten Moment auch erschrocken, konnten dann jedoch meine Freundin gut verstehen. Jana erzählte ich erst am nächsten Tag von Sayus Schulabbruch, sonst hätte sie vielleicht in der Nacht zu sehr gegrübelt und so zu wenig Schlaf gefunden.

*

Der Tod von Cindys und Joeys Vater blieb zum Glück das einzige negative Ereignis, so dass wir den Rest der Ferien unbesorgt genießen konnten. Ich brachte Jana weiterhin Rirado bei und wir begannen unser Training in der Fahrschule. Wie geplant vertrat ich Jana bei ihrer Arbeitsstelle, wenn sie theoretischen oder praktischen Unterricht hatte. Zwischendurch besuchten wir Sayu, um ihr und den Kindern über die schwere Zeit zu helfen und etwas Freude und Abwechslung in ihr Leben zu bringen. So verbrachten wir alle eine angenehme Zeit miteinander. Jana blühte regelrecht auf, weil sie endlich die liebe Familie fand, die sie so lange vermisst hatte, und genoss die Zeit, die sie mit uns verlebte. Aus dem schüchternen, schweigsamen, ängstlichen Mädchen von damals wurde allmählich eine fröhliche, humorvolle, selbstbewusste Frau, worüber ich mich sehr freute, auch wenn sie mir manchmal sogar einen Streich spielte! Doch um es mit den Worten meiner Mutter zu sagen: »Erst zieht man sie frech, dann werden sie groß!« Jedenfalls genoss ich jeden Moment mit Jana und war noch nie so glücklich in meinem Leben! In ihr fand ich wirklich die Partnerin, die ich gesucht hatte, und mit jedem Tag wuchs der Wunsch, mit ihr den Rest meines Lebens zu verbringen, dessen war ich mir sicher!

Das letzte Schuljahr

Zu Beginn des neuen Schuljahres kam nochmals ein neuer Schüler in unsere Klasse. Sein Name war Jeff. Er war groß, sah sehr gut aus und ließ die Herzen der meisten Mitschülerinnen dahinschmelzen! Nur Pia schien nicht begeistert zu sein. Im Gegenteil! Sie grüßte ihn kaum und ging ihm ansonsten aus dem Weg, was Jana, Sue und mich zunächst verwunderte, da Pia normalerweise auf solche Jungs stand.

»Gefällt er dir nicht?«, fragte Sue verdutzt.

»Nee, der ist mir unsympathisch!«, antwortete Pia missmutig. Mehr war nicht aus ihr herauszubekommen, weshalb wir es achselzuckend dabei beließen.

Jeff genoss durchaus die Aufmerksamkeit der Mädchen, nur Nikki hielt sich von ihm fern, warf ihm aber manchmal einen verstohlenen Blick zu, was der Junge zweifellos bemerkte. Als er in einer Pause wie zufällig an ihrem Tisch vorbeiging und sie ansprach, wurde Nikki ziemlich verlegen, freute sich aber, dass Jeff den Kontakt zu ihr suchte und plauderte schüchtern mit dem jungen Mann. Zwischen den beiden funkte es, was schon daran zu sehen war, dass sich beide während des folgenden Unterrichts immer wieder heimlich Blicke zuwarfen und sich verlegen anlächelten. Ich würde es Nikki gönnen, wenn sich Jeff in sie verliebte. Dann wäre sie zumindest nicht mehr so alleine, wie die ganze Zeit zuvor. Jedoch würde das den Neid einiger Mitschülerinnen erwecken, weshalb ich skeptisch war, ob diese Beziehung gut ging. Das würde sich sicher bald zeigen. Am Ende des Schultages begleitete Jeff Nikki zum Bahnhof, was für entsprechendes Getuschel sorgte, das der junge Mann jedoch demonstrativ ignorierte.

Als Jana, Pia, Sue und ich das Schulgebäude verließen und über den Hof liefen, blieb Jana auf einmal ruckartig stehen, während ihre Gesichtszüge entgleisten.

»Was ist denn los?«, fragte ich besorgt.

»Da vorne, am Tor zum Schulhof steht mein Vater«, brummte Jana verärgert.

Wir schauten in die angegebene Richtung und sahen dort einen Mann im Anzug stehen, der sich umsah und scheinbar jemanden suchte.

»Sollen wir durch die Hintertür verschwinden?«, fragte Pia.

Jana schüttelte den Kopf. »Der kommt so oft wieder, bis er mich gefunden hat. Bringen wir's lieber gleich zu Ende.«

So gingen wir weiter auf das Tor zu, bis Janas Vater uns sah und sich zu uns umdrehte. Sein Gesicht blieb jedoch ausdruckslos, selbst als wir direkt vor ihm standen.

»Hallo Jana«, begrüßte er seine Tochter scheinbar verärgert.

»Was willst du hier?«, schnaubte Jana mühsam beherrscht.

»Dich nochmals fragen, ob du dich wegen der Firma nicht doch umentscheiden willst. Da du aus deiner bisherigen Wohnung ausgezogen bist, blieb mir nichts anderes übrig, als hierher zu kommen. Hättest mir ja wenigstens Bescheid sagen können!«, sagte Janas Vater vorwurfsvoll.

»Ich fass' es nicht!«, schnauzte Jana ziemlich sauer. »Ich hab dir meine Meinung wegen deiner Firma klipp und klar gesagt, worauf du ja mal wieder meintest, richtig gemein und fies zu werden! Ich hab dir darauf gesagt, dass ich dich nie mehr wieder sehen will! Schon deswegen geht es dich überhaupt nichts an, wo ich jetzt wohne! Lass mich also endlich in Ruhe und hau ab!« Die letzten Worte schrie sie fast hinaus, so wütend war Jana.

Ihr Vater schnaubte abfällig und schüttelte den Kopf. »So weit ist es also gekommen. Du bist ganz schön undankbar!«

Jana schnappte nach Luft. »Ich bin undankbar!«, keifte sie wütend. »Wofür soll ich denn dankbar sein? Dafür, dass du und Mama mich komplett im Stich gelassen haben! Oder dafür, was du immer mit mir gemacht hast, als Mama nicht zu Hause war?«

Pia, Sue und ich sahen uns erschrocken an, während Jana wie eine sprungbereite Raubkatze mit geballten Fäusten da stand und vor Wut zitterte, während ihre Stimme wie Eis klirrte!

»Mach ja, dass du wegkommst, und lass dich nie wieder blicken, sonst...« Den Rest des Satzes verschwieg sie, während Janas Augen scheinbar Blitze schleuderten. Ihr Gesichtsausdruck ließ jedoch keinen Zweifel daran, was ansonsten passieren würde!

Einige Schüler in der Nähe hatten den Streit mit angehört und sich uns zugewandt, was Janas Vater wohl peinlich war. Mit einem letzten abschätzigen Blick machte er auf dem Absatz kehrt und eilte zum Parkplatz, während Jana ihm wütend nachsah.

»Widerliches, rücksichtsloses Arschloch!«, schimpfte sie halblaut.

Pia, Sue und ich waren zu perplex, um zu reagieren. Erst als auch Jana sich etwas beruhigt hatte, fanden wir unsere Sprache wieder.

»Menno, jetzt hast du mir aber echt Angst gemacht!«, gestand Pia verwirrt. »Ich hab' gerade gedacht, du brichst ihm gleich sämtliche Knochen!«

Jana senkte verlegen den Blick. »Tut mir leid, dass ich so ausgerastet bin.«

»Schon in Ordnung! Deine Wut war durchaus berechtigt!«, versicherte Sue. Dann dämpfte sie ihre Stimme. »Hat er dich ... vergewaltigt?«

Jana schüttelte den Kopf. »Nein, nur an mir rumgefummelt. Mehr hat er sich zum Glück nicht getraut!«, antwortete sie verschämt.

Wieder wechselten wir erschrockene Blicke und sahen dann Jana mitleidig an.

»Meine Güte, was hast du nur für schreckliche Eltern!«, sagte Pia fassungslos und nahm Jana in den Arm. »Wie kann man sein Kind nur so behandeln...« Ihre Stimme brach, während sie Jana liebevoll an sich drückte. Es war das erste Mal, dass ich Tränen in Pias Augen sah. Jana hielt Pia fest und streichelte sie sanft, bis sie sich wieder im Griff hatte. »Hast ganz recht, dass du ihn zum Teufel gejagt hast!«, sagte Pia mit rauer Stimme. »Und wenn er dir nochmals nahekommt, prügel ich ihn windelweich!«

Jana musste schmunzeln. »Dank dir«, sagte sie leise zu Pia.

»Bin dabei!«, bemerkte Sue zwinkernd, was Jana und mir ein Lächeln entlockte.

»Geht's dir so weit gut?«, fragte ich Jana besorgt.

Meine Partnerin schenkte mir ein liebevolles Lächeln. »Danke, alles wieder in Ordnung«, versicherte sie.

Wir machten uns noch etwas betroffen von dem Erlebnis auf den Heimweg. Wie üblich versuchten Pia und Sue uns mit ihren Späßen aufzuheitern, wofür wir auch diesmal dankbar waren. Ihnen war die Sache ebenfalls sehr nahe gegangen und würde sie sicher noch länger beschäftigen, doch vorerst lenkten sie sich mit Albereien von dem erschreckenden Erlebnis ab. Sicher würde die Sache bei einem oder mehreren Gesprächen nochmals zur Sprache kommen, aber vorerst wollten wir Jana nicht damit belasten. Sie hatte schon genug unter ihren Eltern gelitten und würde ganz von selbst darüber reden, wenn ihr der Sinn danach stand, weshalb wir den Vorgang vorerst auf sich beruhen ließen.

*

Als wir nach Hause kamen, bemerkte meine Mutter schnell, dass etwas Unangenehmes geschehen war, worauf wir ihr von der Begegnung mit Janas Vater erzählten, verschwiegen jedoch, dass der sie früher sexuell belästigte. Das hätte meine Mutter zu sehr erschüttert! Anschließend machten Jana und ich unsere Hausaufgaben, dann ging meine Partnerin zur Arbeit, während ich in der Fahrschule am theoretischen Unterricht teilnahm. Am späten Abend, als ich auf Janas Rückkehr wartete, überfiel mich wieder die Erinnerung an das heutige Erlebnis nach der Schule. Bisher kannte ich Jana als sehr zurückhaltendes, beherrschtes Mädchen, das kaum fluchte, oder Kraftausdrücke benutzte. Als sie ihrem Vater begegnete, rastete sie jedoch völlig aus! Ich hatte sie noch nie so wütend und unbeherrscht erlebt, was mich und meine Freundinnen ziemlich erschreckte! Da wurde plötzlich eine Unmenge an Wut und Aggression freigesetzt, die wohl bisher in ihr schlummerte, was alleine durch das, was ich von ihrem Elternhaus wusste, niemals ausgelöst werden konnte! Dadurch zeigte sich, dass Jana wohl noch viele weitere schlimme Dinge mit ihren Eltern erlebte! Das erschreckte mich zutiefst, schon deswegen, weil mich meine Eltern mit aller Liebe und Fürsorge aufzogen, die ein Kind nur bekommen konnte! Was hatte Jana dagegen in ihrer Kindheit und Jugend erlebt, was so viel Wut und Ärger in ihr anstaute? Was hatte man ihr nur angetan? Welches Leid hatte sie in all den Jahren erfahren? Wie konnte man ein Kind nur so behandeln? Das schockierte mich zutiefst und das Entsetzen über diese Erkenntnis trieb mir schließlich Tränen in die Augen. Ich zog meine Beine an, legte meinen Kopf auf die Knie und begann erschüttert zu weinen. Wie konnte man einem so lieben Menschen wie Jana nur so etwas antun! Die Verzweiflung darüber steigerte sich weiter, bis mich ein Weinkrampf schüttelte und Unmengen an Tränen aus mir flossen. Als Jana kurze Zeit später nach Hause kam, fand sie mich so vor und erschrak.

»Nanu, du weinst ja!«, sagte sie bestürzt, setzte sich neben mich und nahm mich in ihre Arme, worauf ich mich an sie schmiegte und mich bei ihr ausweinte. Ihre liebevolle Umarmung, ihr zärtliches Streicheln, ihre Nähe und Wärme taten in diesem Moment unsagbar gut! Nach einiger Zeit beruhigte ich mich. Jana schob mich sachte etwas von sich und wischte mir die Tränen aus den Augen, wobei sie mich liebevoll und gleichzeitig mitleidig ansah. »Was ist denn passiert? Hast du dich mit deinen Eltern gestritten, oder war irgendjemand gemein zu dir?«, fragte Jana besorgt, während sie mich weiter streichelte.

Ich schüttelte den Kopf, weil ich noch nicht sprechen konnte. Als ich meine Stimme wiederfand, erklärte ich ihr den Grund meiner Trauer, worauf Jana mich gerührt ansah.

»Danke für dein Mitgefühl! Das ist echt lieb von dir! Es tut mir leid, dass dich mein Schicksal so mitnimmt! Eigentlich wollte ich dich nie zum Weinen bringen! Ich kann gut verstehen, dass dich die Sache mit meinen Eltern sehr aufwühlt, und es ehrt dich, dass du deswegen so großes Mitleid für mich empfindest, was dich umso liebenswerter macht! Du bist wirklich ein ganz besonderer Mensch, weshalb ich dich auch so lieb hab'! Seit ich bei dir und deinen Eltern ein neues, liebevolles Zuhause gefunden habe, bin ich so glücklich wie noch nie und schaue nur noch nach vorne. Ich habe früher oft darüber nachgedacht, warum meine Eltern mich zur Welt brachten, obwohl ich ihnen doch meist nur lästig war. Eine Antwort auf diese Frage habe ich nie gefunden und inzwischen spielt es auch keine Rolle mehr, weil ich bei dir, Ina und deinen Eltern mein Glück gefunden habe! Im Zorn zurückzuschauen bring nichts, sondern macht mich nur traurig, weshalb ich dieses Kapitel ganz weit hinter mir vergraben will. Versuch also auch du erst gar nicht meine Eltern und ihr Handeln zu verstehen. Wie du gemerkt hast, ist es nur schmerzhaft für dich und macht auch dich sehr traurig. Ich habe die Zeit einigermaßen gut überstanden, hab' vielleicht den einen oder anderen Knall, doch ansonsten geht es mir gut und ich will jetzt einfach nur noch mit dir und deiner Familie glücklich sein. Deshalb mach dir bitte keine Sorgen um mich! Es ist alles in Ordnung, so wie es ist, und nur das zählt!« Wieder schenkte sie mir ein liebevolles Lächeln, streichelte mir über den Kopf und gab mir einen Kuss.

Ich war zu gerührt, um zu antworten, also nahm ich Jana in meine Arme, drückte sie an mich und streichelte sie sanft. »Hab' dich ganz arg lieb«, flüsterte ich, als ich meine Stimme wieder fand.

»Hab ich dich auch«, antwortete Jana und gab mir noch einen Kuss. »Geht's dir jetzt besser?«, erkundigte sie sich behutsam.

»Danke, alles wieder gut!«, bestätigte ich.

»Dann geh' ich noch schnell duschen und verknuddel dich anschließend«, sagte Jana lächelnd, hielt kurz inne und sah mich dann schelmisch an. »Oder willst du mit mir duschen?«

Ich musste über das erotische Angebot schmunzeln, lehnte aber ab. »Sonst kommen wir heute Nacht nicht zum Schlafen.«

»Macht nichts, können wir auch noch in der Schule«, bemerkte Jana grinsend.

»Führe mich nicht in Versuchung!«, mahnte ich scherzhaft, worauf Jana mit ihrem Hintern wackelte und wie zufällig ihr Oberteil langsam anhob, wobei sie verführerisch lächelte.

Ich warf ihr einen strafenden Blick zu und stemmte in gespielter Empörung die Arme in die Seiten. »Nun geh schon!« Jana lachte auf und eilte zur Tür. »Freue mich auf dich!«, rief ich ihr nach, worauf Jana mir eine Kusshand zuwarf und hinauslief. Etwas später lagen wir glücklich beieinander, küssten und liebkosten uns und tauschten Zärtlichkeiten aus, bis wir uns im Traumland wieder trafen.

*

Am nächsten Morgen, in der Schule, bat Pia in einer Pause Jeff um ein Gespräch und führte ihn zu einem ruhigen Bereich unter einer Treppe. »Sag mal, was machst du hier? Wieso bist du auf einmal in unserer Schulklasse?«, fragte Pia verärgert. »Falls du es darauf anlegst, mich zu nerven oder mich nochmals zu verprügeln, dann muss ich dich warnen: Ich hab' inzwischen einiges dazugelernt!«

»Keine Sorge! Ich habe weder vor dich zu nerven, noch will ich dich verprügeln. Im Gegenteil! Ich hab' mich damals ziemlich blöd verhalten, und es tut mir leid, dass ich so grob zu dir war«, antwortete Jeff beschwichtigend.

»Grob ist eine nette Untertreibung. Du hast mir damals zwei Rippen gebrochen!«, schimpfte Pia aufgebracht.

»Ich weiß! Dabei wollte ich gar nicht so hart zuschlagen, aber du hast mich damals auch ganz schön provoziert!«, konterte Jeff, worauf Pia verschämt den Blick senkte.

»Hast ja recht. Hatte eben damals schon 'ne große Klappe«, gab Pia betreten zu.

»Allerdings!«, bestätigte Jeff schmunzelnd. »Wie gesagt, es tut mir leid, dass ich dich damals verprügelt habe. Können wir wieder Frieden schließen?«, fragte er und reichte Pia die Hand.

Die druckste zuerst herum, schlug dann aber doch ein. »Na gut: Frieden! Das heißt aber nicht, dass wir Freunde sind!«

»Dachte ich mir«, antwortete Jeff amüsiert.

»Du hast mir noch nicht gesagt, warum du plötzlich wieder hier bist!«, grummelte Pia.

»Mein Vater wurde von seiner Firma hierher versetzt. Normalerweise hätte ich das letzte Schuljahr auch auf meiner bisherigen Schule verbringen können, aber als ich hörte, wohin er verlegt wird, gab mir das die Chance, endlich klaren Tisch mit dir zu machen. Außerdem fühle ich mich an diesem Ort viel wohler, als dort, wo wir zuvor wohnten. Deshalb habe ich die Schule gewechselt. Dein Ruf ist dir natürlich vorausgeeilt, deshalb habe ich mich in deine Schulklasse versetzen lassen.« Er begann zu grinsen. »Außerdem haben mir einige Jungs erzählt, dass in eurer Klasse die hübschesten Mädchen der Schule seien. Damit hatten sie durchaus recht!«

Pia verdrehte die Augen. »Das sieht dir mal wieder ähnlich! Mich wundert nur, dass dir Nikki scheinbar ganz gut gefällt.«

Jeffs Grinsen wurde noch breiter. »Bist du etwa eifersüchtig?«

»Träum weiter!«, schnarrte Pia genervt.

Jeff lachte auf. »Also ich find Nikki ganz süß.«

»Zugegeben, sie sieht eigentlich recht niedlich aus, war früher aber ganz schön fies und gemein. Erst in letzter Zeit hat sie sich gebessert. Wunder' dich also nicht, wenn die anderen Mädchen von deiner Wahl nicht begeistert sind und entsprechend Kommentare von sich geben. Nikki ist nämlich total unbeliebt, nicht nur in unserer Schulklasse«, erklärte Pia.

»Danke für die Warnung! So lange Nikki aber nett zu mir ist, interessiert mich nicht, was sie früher angestellt hat. Und auf das Gerede von Anderen habe ich sowieso nie was gegeben«, bemerkte Jeff.

In diesem Moment läutete die Schulglocke das Ende der Pause ein.

»Ich wollte nur, dass du über Nikki Bescheid weißt, nicht, dass du dich wunderst, warum alle gegen sie sind.«

»Dank dir! Ich wusste doch: Du kannst auch ganz nett sein!«, sagte Jeff schmunzelnd.

Pia zog eine verärgerte Grimasse. »Schleimer!«

»Na komm, gehen wir zurück ins Klassenzimmer, sonst kommen wir noch zu spät.« Jeff machte eine auffordernde Geste, worauf sich Pia zögernd in Bewegung setzte. »Geht's auch ein bisschen schneller?«, fragte Jeff amüsiert.

»Halt die Klappe!«, raunte Pia scheinbar genervt.

»Immer noch der gleiche alte Sturkopf!«, konterte Jeff schmunzelnd.

»Arsch!«, brummte Pia gespielt verärgert.

*

Als Jana und ich nach der Schule zuhause ankamen, begrüßte uns Mama leise und mit rauer Stimme, was ungewöhnlich für sie war. Deshalb liefen wir besorgt zu ihr und fanden sie traurig mit geröteten Augen vor.

»Mama, was ist denn passiert? Hast du geweint?«, fragte ich besorgt.

Die Augen meiner Mutter füllten sich mit Tränen. »Oma ist heute von uns gegangen«, flüsterte sie heiser.

Jana und ich wechselten einen erschrockenen Blick, dann kamen auch mir die Tränen. »Oh nein!«, brachte ich nur noch heraus, dann fiel ich meiner Mutter um den Hals und wir beweinten gemeinsam den Tod der Großmutter, während Jana sich respektvoll zurückzog und uns der Trauer überließ. Etwas später, als wir uns wieder gefangen hatten, sprach sie uns ihr Beileid aus, begleitete mich in unser Zimmer, setzte sich neben mich und nahm mich tröstend in den Arm.

»Es tut mir ganz arg leid, dass deine Oma gestorben ist. Sie war sicher ein sehr lieber Mensch«, sagte Jana berührt.

Ich nickte. »Ja, das war sie wirklich! Sie hat sich damals, als ich so lange im Krankenhaus lag, ganz lieb um mich gekümmert, war immer für mich da, hat mit mir gespielt, mir Geschichten erzählt, mich getröstet und mir Mut gemacht, wenn ich traurig oder verzweifelt war. Sie war für mich genauso wichtig, wie meine Eltern. Sie war einfach ein wunderbarer Mensch...«, meine Stimme brach und ich schmiegte mich tieftraurig an Jana, die mich festhielt und streichelte. Ihre Nähe, ihre sanften Berührungen, ihre Güte und ihr Verständnis taten in diesem Moment so gut! In der folgenden, schweren Zeit der Trauer und des Abschiednehmens, war Jana der reinste Engel! Sie schaffte es spielend, für jeden von uns da zu sein, ohne jemals aufdringlich zu wirken. Wenn man sie brauchte, war sie da, egal zu welcher Zeit! Sie half, wo sie konnte, tröstete uns, gab uns Halt, unterstütze uns bei den vielen Dingen, die nach Omas Tod erledigt werden mussten. Dazu nahm sie sich extra eine Auszeit von ihrer Arbeit, blieb sogar manchmal der Schule fern, um meine Eltern zu unterstützen, und stand uns völlig selbstlos bei, auch wenn dies sie manchmal an den Rand ihrer Kräfte brachte! Auch Pia und Sue unterstützten uns kräftig. Da Oma außer unserer Familie keine Verwandten mehr hatte, fand ihre Beisetzung im kleinsten Kreis statt. Die anschließenden Formalitäten und die Auflösung von Omas Wohnung im Altenwohnheim nahmen viel

Zeit in Anspruch, lenkten uns aber wenigstens etwas von unserer Trauer über ihren Verlust ab. In der folgenden Zeit besuchte ich oft das Grab auf dem Friedhof, pflegte die Blumen, oder wechselte sie aus, wenn sie verwelkt waren. Jana begleitete mich meistens, half mir bei der Grabpflege, tröstete mich und gab mir Halt, wenn die Tränen wieder einmal nicht versiegten, oder ging verständnisvoll auf Abstand, wenn ich kurz alleine sein wollte. Zuhause weinte ich oft in Janas Armen, wohl wissend, um ihr Verständnis, ihre Geduld und ihre große Liebe, die sie mir täglich schenkte! Der Schmerz wegen Omas Tod verging nur langsam. Dabei stand Jana mir stets bei und half mir mit viel Gefühl darüber hinwegzukommen. Sie war wirklich ein ganz besonderer Mensch und ich liebte sie deshalb mehr denn je! Sie machte ihrem Spitznamen ‚Engelchen' wirklich alle Ehre und ich war stolz und glücklich, so einen lieben Menschen um mich zu haben!

*

Inzwischen waren etwa drei Monate vergangen. Alle Vorgänge, die Omas Tod bedingte, waren erledigt und eine gewisse Routine in unser Leben zurückgekehrt. Der Schmerz und die Trauer über den Verlust der geliebten Großmutter wurden schrittweise weniger und wir fanden allmählich zu der fröhlichen Gelassenheit zurück, die unsere Familie prägte. An diesem Montagabend saßen wir wieder fröhlich schwatzend beim Abendessen beisammen, als mein Vater Jana ansprach: »Hast du inzwischen einen Beruf gefunden, den du später machen möchtest?«

Jana schüttelte den Kopf. »So richtig habe ich mich noch nicht darum gekümmert«, gab sie verlegen zu.

Mein Vater nickte verstehend. »Du möchtest doch gerne eine Arbeit machen, bei der du dein zeichnerisches Talent nutzen kannst.«

»Ja, das wäre toll«, antwortete Jana.

»Ich habe heute zufällig einen früheren Mitstudenten von mir getroffen. Er erzählte mir, dass sein Sohn als Zeichner in einer Firma arbeitet, die Anime-Filme produziert. Würde dir so eine Arbeit gefallen?«, wollte Paps wissen.

»Das wäre sicher ein interessanter Job. Ich weiß aber nicht, ob meine Zeichnungen dafür gut genug sind«, meinte Jana unsicher.

»Das sind sie ganz bestimmt!«, versicherte ich.

»Würdest du mir nach dem Essen einige deiner Zeichnungen zeigen?«, erkundigte sich mein Vater.

»Gerne«, sagte Jana erfreut.

So überreichte Jana meinem Vater etwas später einige ihrer Zeichnungen. Der betrachtete sie bewundernd. »Die sind wirklich klasse! Sicher gut genug für die Arbeit als Anime-Zeichner«, bemerkte Paps beeindruckt und gab Jana die Zeichnungen zurück. »Wäre es in Ordnung, wenn ich den Sohn meines Mitstudenten zu uns einlade, damit er sich deine Zeichnungen ansieht? Vielleicht kann er dir in seiner Firma einen Job besorgen.«

»Das wäre toll, aber nur, wenn es nicht zu viele Umstände macht«, antwortete Jana unsicher.

»Aber nein! Das ist überhaupt kein Problem! Lass mich mal machen!«, sagte mein Vater zwinkernd.

Das war seine Lieblingsfloskel, nach deren Nutzung er schon einiges möglich gemacht hatte, was kaum machbar schien!

Jana bedankte sich gerührt von Joshuas Hilfsbereitschaft.

Einige Tage später besuchte uns der junge Mann mit Namen David und war ebenfalls von Janas großem Talent beeindruckt.

»Diese Zeichnungen sind echt klasse! Würdest du mir die ausleihen, damit ich sie meinem Chef zeigen kann? Du bekommst sie auch ganz bestimmt wieder zurück!«, fragte David. Jana stimmte freudig zu. »Die Bilder werden ihm sicher gefallen. Dann nehm ich dich mit in die Firma. Dort kannst du alles mit meinem Chef besprechen und dich 'mal umsehen, damit du erfährst, wie es bei uns zugeht«, bot David an.

»Wirklich?«, rief Jana, die ihr Glück kaum fassen konnte.

»Klar, kein Problem!«, bestätigte David.

»Wow, das ist ja klasse!«, sagte Jana und wäre dem jungen Mann am liebsten um den Hals gefallen.

So tauschten Jana und David noch rasch ihre Kontaktdaten aus, worauf der junge Mann versprach, sich baldmöglichst zu melden, bevor er uns verließ.

»Oh nein! Jetzt habe ich vor lauter Freude vergessen, ihm zu sagen, dass ich ihn nur montags in die Firma begleiten kann«, sagte Jana erschrocken.

»Von wegen! Du wirst ihn an dem Tag begleiten, an dem er es vorschlägt! Hier geht es um deine berufliche Zukunft! Dieser Termin ist sehr wichtig! Falls das Treffen also nicht montags ist, vertrete ich dich bei Clive.« Ich stemmte scherzhaft die Arme in die Seiten. »Und keine Widerrede!«, polterte ich halberst.

Jana salutierte schmunzelnd. »Zu Befehl!« Dann umarmte sie mich und gab mir einen Kuss. »Ach Mio, du bist echt ein Schatz!«

»Ich will nur, dass du einen guten Job bekommst, der dir Spaß macht. So eine Chance bekommst du vielleicht nie wieder!«, antwortete ich.

»Hast recht!«, gab Jana zu und sah mich gerührt an. »Danke, dass ihr alle immer so lieb und hilfsbereit seid!«

»Dafür sind wir eine Familie!«, sagte ich und drückte Jana an mich.

David rief schon am nächsten Tag an, weil die Bilder auch seinem Chef sehr gefielen, und lud Jana für den kommenden Tag zu einem Besuch in der Firma ein, worüber sich meine Partnerin sehr freute. Als der junge Mann Jana zum vereinbarten Zeitraum abholte, waren wir alle sehr gespannt, wie ihr Besuch verlaufen würde, und drückten ihr die Daumen. Wie ich Jana versprochen hatte, vertrat ich sie an diesem Tag bei der Arbeit. Als ich spät am

Abend zurückkehrte, strahlte Jana übers ganze Gesicht.

»So, wie deine Augen leuchten, muss dein Besuch in der Firma sehr erfolgreich verlaufen sein«, sagte ich erfreut.

»Oh ja! War einfach nur klasse! Das ist genau die Arbeit, die mir gefallen würde! Davids Chef hat mir sogar versprochen mich einzustellen, sobald ich die Schule beendet habe!«, sagte Jana begeistert.

»Na wunderbar, besser kann's gar nicht kommen!«, antwortete ich freudig. »Würdest du dich in der Firma auch wohlfühlen?«

»Auf jeden Fall! Einige der Zeichner waren nur wenige Jahre älter als ich! Die Stimmung war recht gelöst und der Umgang eher locker. Hat sich echt gut angefühlt! Alle waren sehr freundlich zu mir und sie haben mir alles genau erklärt. Am Anfang soll ich helfen, die Hintergründe für die Szenen zu zeichnen. Später, wenn ich mehr Erfahrung habe, darf ich vielleicht auch eine Figur übernehmen! Ach Mio, das war so klasse! Sowas habe ich mir immer gewünscht!«, sagte Jana verzückt. »Und das Beste: Der Chefzeichner ist Tanako Murava! Er war damals der Projektleiter der Kinderserie ‚Ninvy, das Dachsmädchen‘! Das war als Kind meine Lieblingsserie!«

»Wow! Ist ja genial!«, sagte ich beeindruckt. »Das war damals auch meine Lieblingsserie«, bestätigte ich. »Jetzt wo du mich daran erinnerst, fällt mir was ein.« Ich ging zum Schrank und begann in einem der unteren Fächer zu kramen, wobei mich Jana verwundert beobachtete. Nach kurzer Zeit fand ich, was ich suchte, zog einen Karton heraus und überreichte ihn meiner Partnerin, die neugierig hinein sah und dann große Augen bekam.

»Das ist ja die ganze Staffel von Ninvy!«, rief sie begeistert.

»Als die Serie damals zu Ende ging, war ich sehr traurig, weshalb mir meine Eltern alle Folgen auf Videoplatten kauften, damit ich sie immer wieder ansehen kann«, erklärte ich.

»Deine Eltern sind echt eine Wucht!«, sagte Jana erfreut.

Ich zog die erste Videoplatte heraus, schaltete meinen Fernseher und das Abspielgerät an, reduzierte die Lautstärke, um Ina und meine Eltern nicht zu stören. Nach dem Einlegen startete die Video-platte sofort problemlos und die erste Folge der Serie mit der alt-bekannten Filmmusik begann. Jana und ich versanken sofort in angenehmen Erinnerungen und betrachteten freudig die ganze Folge. Am Ende des Films blickten Jana und ich uns verlegen an, weil wir uns wie zwei kleine Mädchen am Weihnachtstag vorkamen. Es war schon sehr spät und wir sollten längst schlafen. So duschte ich noch rasch und kuschelte mich danach an Jana, die sich glücklich an mich schmiegte.

»Jetzt hat mir dein Paps sogar noch meinen Traumberuf besorgt! Ach Mio, ich hab' euch so viel zu verdanken!«, flüsterte Jana gerührt.

»Machen wir doch gerne«, versicherte ich mit liebevollem Lächeln und streichelte Janas Kopf. »Dafür sind wir eine Familie, damit wir uns gegenseitig unterstützen!«

»Ihr seid ... einfach klasse!« Janas Stimme brach und sie um-armte mich mit Freudentränen in den Augen.

Ich hielt sie fest und streichelte sie, bis Jana sich wieder gefangen hatte. »Bin genauso begeistert, dass du deinen Traumberuf gefunden hast! Jetzt kannst du sorglos die Schule beenden und hoffentlich gleich darauf in dem Anime-Studio arbeiten. Das wünsche ich dir und drück dir die Daumen, dass alles gut geht!« Ich schenkte ihr einen liebevollen Blick und gab Jana einen Kuss. »Mein Engelchen!«

Jana sah mich gerührt an, worauf wir uns innig küssten. »Hab' dich ganz arg lieb!«, flüsterte meine Partnerin warmherzig.

»Hab' ich dich auch!«, bestätigte ich und knuddelte Jana.

So lagen wir glücklich beieinander und tauschten Zärtlichkeiten aus, bis wir kurze Zeit später ins Traumland wechselten.

*

Am folgenden Wochenende fand unsere Fahrprüfung statt. Einer der Fahrlehrer holte uns ab und nahm uns mit zum Ort der

Prüfung. Jana war an diesem Tag ziemlich aufgeregt, weshalb ich ihr den Vortritt überließ. Wie gewohnt meisterte sie auch diese Prüfung problemlos, kam danach freudestrahlend angelaufen und wedelte mit ihrem neuen Führerschein. Auch ich schaffte die Prüfung, weshalb wir beide fröhlich nach Hause zurückkehrten, wo wir unseren Erfolg kurz feierten. Danach nahm mein Vater uns mit zum Einkaufen. Bei seinem Auto fragte er überraschend, wer von uns fahren will. Jana traute sich noch nicht das große Fahrzeug zu lenken, weshalb sie mir das Steuer überließ. Paps warf mir den Schlüssel zu und stieg auf der Beifahrerseite ein, während Jana wie gewohnt auf der Rückbank Platz nahm. Während ich noch den Sitz, das Lenkrad und die Spiegel einstellte, drehte sich mein Vater zu Jana um und machte eine Geste in meine Richtung.

»Brauchst du ein Beruhigungsmittel?«, fragte er grinsend.

Jana lachte auf. »Nein danke, geht auch so.«

Ich warf meinem Vater einen strafenden Blick zu, den er wie üblich mit einem Zwinkern quittierte, dann fuhr ich los. Der große Fünftürer besaß glücklicherweise ein automatisches Getriebe und einige nützliche Assistenzsysteme, was mir das Fahren deutlich erleichterte. Paps gab mir während der Fahrt einige Tipps, saß aber ansonsten entspannt und ruhig auf dem Sitz. Es freute mich, dass er mir so viel Vertrauen schenkte. Wir erreichten den Supermarkt ohne Zwischenfälle, wo mich mein Vater lobte, dass ich gut gefahren sei, was mich durchaus mit Stolz erfüllte. Jana machte nach dem Aussteigen ein Pokergesicht.

»Was ist los, stimmt was nicht?«, fragte ich ahnungsvoll, worauf Jana scherzhaft mit den Zähnen klapperte.

»Dddoch ... aalles ... in Ooodnung!, stotterte sie scheinbar verängstigt.

Ich stemmte in gespielter Empörung die Arme in die Seiten. »So schlimm bin ich jetzt auch nicht gefahren!«

Jana begann zu grinsen und sah mich skeptisch an, worauf ich sie kurz kitzelte. »Freches Mädchen!«

Jana kicherte und drückte mir einen Kuss auf die Wange. »Bist klasse gefahren!«, gab sie darauf anerkennend zu.

Wir wechselten einen amüsierten Blick, worauf Paps die Arme um uns legte. »Dann kommt mal mit, ihr beiden Rennfahrer.«

*

Vier Tage später hatte ich Geburtstag, den wir jedoch nur in der Familie feierten. Die eigentliche Party sollte am folgenden Sonntag stattfinden, damit alle meine Freundinnen dabei sein konnten. Jana schenkte mir eine Eintrittskarte für ein Musical, das ich schon länger sehen wollte. Sie hatte mit Sue und Pia zusammengelegt, die mich am Tag der Aufführung begleiten würden, während Jana arbeiten musste. Doch die größte Überraschung wartete am späten Nachmittag auf mich, als mein Vater von der Arbeit nach Hause kam. Vor der Garage stand ein nagelneues Auto für mich und Jana! Ich konnte es zunächst nicht glauben, doch meine Eltern schenkten uns tatsächlich dieses Gefährt! Ich fiel ihnen gerührt und dankbar um den Hals. Mit so einem großen Geschenk hatte ich wirklich nicht gerechnet! Auch Jana war zuerst ziemlich perplex, bis sie begriff, dass dieses Auto tatsächlich ein Geschenk für uns war! So bedankte auch sie sich noch etwas verwirrt. Dann zogen wir uns rasch um und machten eine erste Probefahrt. Paps hatte das Auto vorerst auf sich angemeldet, da uns Mädchen natürlich noch das Geld fehlte, um das Fahrzeug finanziell zu unterhalten, doch es stand uns ab jetzt zur freien Verfügung! Da unsere Garage mit Paps' und Mamas Auto bereits voll war, stellten wir das Fahrzeug in dem extra dafür erbauten Carport ab. Jana und ich vereinbarten Stillschweigen, weil wir unsere Freundinnen am Sonntag mit dem neuen Auto überraschen wollten. Die machten an dem Tag ziemlich große Augen, und nach der obligatorischen, gemeinsame Fahrt waren Pia, Sue und Sayu restlos begeistert! Da unsere Freundinnen auch bereits

den Führerschein, aber noch kein Auto besaßen, war unser Fahrzeug für zukünftige Ausflüge höchst willkommen! Jana kam mit dem neuen Auto auch gut zurecht, wodurch wir beide schnell sicherer im Straßenverkehr wurden. Nachdem wir von der ersten Radarfalle überrascht wurden, bekam Paps natürlich zuerst den Strafzettel, was uns beiden ziemlich peinlich war, weshalb wir zukünftig noch besser aufpassten. Natürlich machten auch wir die üblichen Anfängerfehler, aber unsere Schutzengel flogen zumindest genauso schnell, wie wir fuhren, womit sie uns vor Schlimmerem bewahrten und gut durch den Verkehr brachten.

*

Die folgenden Monate waren mit Vorbereitungen für die Abschlussprüfungen der Schule ausgefüllt. Jeff und Nikki gingen schon längere Zeit miteinander und waren ein glückliches Paar, sehr zum Ärger einiger Mädchen, die ziemlich empört darüber waren, dass der gutaussehende Junge aus reichem Hause ausgerechnet mit dem Mädchen zusammen war, das früher so gemein und fies war. Doch Jeff, dessen Vater ein erfolgreicher Rechtsanwalt war, nahm seine Freundin in Schutz und beendete rasch sämtliche Intrigen und üble Nachreden. Bald war klar, dass seine Kampfkunst der von Pia ebenbürtig war, weshalb sich nach kurzer Zeit niemand mehr gegen ihn oder Nikki stellte. Pia vertrug sich inzwischen auch mit Jeff, so dass wieder Ruhe in der Schulklasse einkehrte und wir uns auf die anstehenden Prüfungen vorbereiten konnten. So saßen Jana und ich in dieser Zeit oft zuhause in unsere Schulbücher eingegraben und paukten den Lehrstoff. Meine Eltern hatten uns von sämtlichen häuslichen Pflichten entbunden, damit wir uns gänzlich aufs Lernen konzentrieren konnten. Clive hatte Jana angeboten, nur noch freitags bis sonntags zu arbeiten, weil an diesen Tagen die meisten Gäste ins Restaurant kamen, damit Jana die Woche hindurch mehr Zeit für die Schule hatte. Meine Partnerin hatte das Angebot dankend angenommen, weshalb sie jetzt nur noch an den Wochenenden arbeitete. So konnten wir auch die Abende unter der Woche gemeinsam verbringen, was uns beide sehr freute. Eines Nachmittags qualmte mir vom Lernen der Kopf, weshalb ich mich von meinem Schreibtischstuhl erhob, weil ich keine Lehrbücher mehr sehen konnte. Jana sah kurz zu mir auf, wandte sich dann aber wieder ihren Büchern zu, während ich mich hinter sie stellte, meine Hände unter ihr Oberteil schob und etwas zu sanft ihren nackten Bauch streichelte. Jana zuckte mehrmals zusammen und entzog sich schließlich kichernd.

»Hör auf, das kitzelt!«, maulte sie in gespielter Empörung.

»Dabei war ich doch nur zärtlich zu dir«, antwortete ich lapidar.

»Ja, aber an der falschen Stelle«, meinte Jana schmunzelnd.

»Und wo ist die richtige Stelle?«, fragte ich scheinbar ahnungslos.

Jana stand auf, umarmte mich und drückte mir einen langen Kuss auf den Mund. »Das ist die richtige Stelle!«

»Fühlt sich gut an. Kann ich bitte mehr davon haben?«, fragte ich mit Hundeblick.

Jana lächelte geheimnisvoll, zog mich zum Bett, schubste mich auf die Matratze, legte sich auf mich und küsste mich leidenschaftlich. Als wir etwas später um Luft rangen, richtete sich Jana auf, so dass sie über meiner Hüfte kniete, zog ihr Oberteil und ihren Büstenhalter aus. Dann sah sie mich schelmisch an und schob mein Oberteil nach oben. Ich richtete mich kurz auf und entkleidete ebenfalls meinen Oberkörper. Anschließend legte sich Jana wieder auf mich und wir setzten unser zärtliches Liebesspiel fort, küssten, liebkosten und streichelten uns, bis Mama uns zum Essen rief.

»Eine interessante und angenehme Art zu lernen«, bemerkte ich scherzhaft, während Jana über mir kniete.

Meine Partnerin nickte mit amüsiertem Lächeln. »Praktische Anatomie«, meinte sie zwinkernd und begann zu grinsen, »mit körperlichen Reaktionen«, worauf sie mich kitzelte. Ich wand mich lachend auf dem Bett, bis Jana kurze Zeit später aufhörte, von mir herunter stieg und sich ankleidete. Ich tat es ihr nach und folgte meiner Partnerin ins Esszimmer, wo wir halfen den Tisch zu decken. Paps holte die Gläser aus dem Schrank und wandte sich mir zu, während Jana in die Küche lief.

»Muss ich die Gläser auf oder unter den Tisch stellen?«, fragte mein Vater scheinbar ahnungslos.

Ich sah ihn amüsiert an. »Natürlich unter den Tisch«, antwortete ich schmunzelnd und holte in der Küche das Besteck. Als ich wieder ins Esszimmer kam, entfuhr mir ein überraschter Aufschrei, denn die Gläser standen tatsächlich unter dem Tisch! Ich knallte in gespielter Wut das Besteck auf den Tisch. »Menno Paps!«

»Du hast doch gesagt, dass ich die Gläser unter den Tisch stellen soll!«, konterte mein Vater.

Ich knurrte und trommelte mit meinen Fäusten auf seine Brust, während Jana erschrocken aus der Küche gerannt kam. Als sie die Szene sah, begann sie prustend zu lachen. Auch Mama kam aus der Küche und schüttelte beim Anblick amüsiert den Kopf. Mein Vater hatte inzwischen seine Arme um mich gelegt und hinderte mich so an weiterer Bewegung.

»Lass mich los!«, maulte ich in gespielter Wut, doch Paps dachte gar nicht daran.

»Das hat man davon, wenn man so frech ist!«, meinte er nur und warf mir kurz einen mahnenden Blick zu. Dann lächelte er schon wieder. »Dafür darfst du jetzt die Gläser auf den Tisch stellen«, sagte er zwinkernd und ließ mich los, worauf er die Salatschalen aus dem Schrank holte.

Ich zog scheinbar beleidigt eine Schnute und kam seiner Aufforderung nach. Da war ich ihm doch prompt in die Falle gegangen! Zugegeben, ich war in letzter Zeit wirklich frech zu ihm gewesen. Somit war diese kleine Strafe durchaus gerechtfertigt! »Tut mir leid, Paps«, entschuldigte ich mich kleinlaut, worauf mein Vater mit liebevollem Lächeln meine Haare verstrubbelte.

»Schon vergeben«, sagte er gütig, weshalb ich kurz verschämt den Blick senkte. Als ich mich danach vorbeugte, um das Besteck auf dem Tisch zu verteilen, verpasste er mir im Vorbeigehen einen sanften Klaps aufs Hinterteil.

»Aua!«, rief ich übertrieben, während mein Vater mir schelmisch zuzwinkerte.

Der Rest des Abends verlief in fröhlicher Harmonie und endete wie schon oft zusammengekuschelt auf dem Wohnzimmersofa. So vergingen die Tage mit Schule, viel lernen und kaum Freizeit. Die Nervosität und Spannung unter den Schülern stieg, je näher wir den Prüfungen kamen. An einem Nachmittag besuchte uns Nikki, um mit Jana und mir zu lernen, damit sie den Prüfungsstoff auch wirklich sicher beherrschte. Danach saßen wir noch eine Weile zusammen. Nikki erzählte uns von ihren Erlebnissen mit Jeff und wie glücklich sie inzwischen war, dass sie endlich auch einen lieben, verständnisvollen Partner gefunden hatte, dem ihre dunkle Vergangenheit egal war und der sie einfach so liebte und akzeptierte, wie sie war. Überraschend war für uns, dass Nikki sich sehr für Computer interessierte und inzwischen sogar das Programmieren dieser Maschinen beherrschte, was sie sich selbst beigebracht hatte! Nach der Schule wollte sie Software-Entwickler werden. Als Nikki erfuhr, dass Jana bei einer Firma für Anime-Produktionen arbeiten könnte, freute sie sich für meine Partnerin und beglückwünschte sie dafür. Im Gegenzug drückten wir Nikki die Daumen, dass sich ihr Berufswunsch erfüllte. Aus der fiesen Mitschülerin war wirklich ein freundliches, gütiges Mädchen geworden, worüber Jana und ich uns sehr freuten! Nikki und Jana verstanden sich inzwischen gut und standen sich gegenseitig bei, wie es auch unsere Freundinnen taten. Selbst Pia, die Nikki zuerst gar nicht leiden konnte, hatte inzwischen ihre abweisende Haltung aufgegeben und behandelte

Nikki freundlich, was nicht zuletzt an Jeff lag. Der zog Pia zwar immer noch gerne auf, aber seitdem sich beide versöhnt hatten, war aus der früheren Feindschaft harmloses Gefrotzel geworden, bei dem sich beide nichts schuldig blieben. So verlebten wir die Tage bis zu den Prüfungen trotz der Anspannung einigermaßen harmonisch und halfen uns gegenseitig, was uns weiter zusammenschweißte und die Hoffnung verstärkte, dass wir auch nach dem Schulende weiter befreundet blieben und den Kontakt zueinander aufrechterhielten.

*

»Du Mio, wann hast du eigentlich gemerkt, dass du auf Mädchen stehst?«, fragte mich Jana eines Tages, als sie neben mir lag.

Ich überlegte kurz. »Als ich vierzehn war, fing ich an, mit einigen Jungs auszugehen, konnte aber irgendwie keine intensiven Gefühle für sie spüren. Mit einigen habe ich auch geschmust, hatte dabei aber immer das Gefühl, dass etwas nicht stimmt. Wenn ich sah, wie ausgiebig viele Mädchen mit ihren Freunden knutschten, hat mich das anfangs immer gewundert, weil ich dafür einfach zu wenig für Jungs empfand. Für mehr als eine einfache Freundschaft haben meine Gefühle nie gereicht. Dazu kam noch, dass einige der Jungs in mir nur eine gute Partie sahen, als Mädchen aus reichem Hause. Für andere sollte ich nur eine Trophäe sein. Vor allem ein Junge aus unserer Klasse wollte mich nur möglichst schnell ins Bett bekommen. Als ich mich weigerte, ist er richtig fies geworden, hat mich in der Schule als verklemmt und prüde beschimpft. Mit der Zeit hat er mich immer mieser und gemeiner behandelt, was mich ziemlich wütend machte! Damals standen wir kurz vor den Abschlussprüfungen des Schuljahres. Durch das boshafte Verhalten des Jungen fiel mir das Lernen sehr schwer, worauf ich schließlich meine Schulbücher nicht mehr sehen konnte und zur Entspannung in den Park gegangen bin. Dort ist mir der Typ dann zufällig begegnet. Weil wir alleine waren, hat er versucht über mich herzufallen!« Jana sah mich entsetzt an. »Da bin ich so sauer geworden, dass ich ihn verdroschen habe!«, sagte ich leise und senkte verlegen den Blick.

»Du hast ihn verhauen!«, sagte Jana überrascht.

»Und wie! Ich hab' ihn windelweich geschlagen!«, gestand ich verschämt, denn heute war mir mein damaliges Verhalten sehr peinlich.

»Hat er dich danach angezeigt?«, fragte Jana.

Ich schüttelte den Kopf. »Das hat er sich nicht getraut, weil er dann zugeben müsste, dass ihn ein Mädchen verprügelte, was sein Stolz nicht zuließ! Ich hab' damals sogar vor lauter Wut gedroht, ihm sämtliche Knochen zu brechen, wenn er weiterhin so gemein zu mir wäre. Danach hasste er mich zwar noch mehr, aber er ließ mich endlich in Ruhe, weil er Angst vor mir hatte.« Wieder senkte ich verlegen den Blick. »Es ist mir heute ziemlich peinlich, dass ich damals so rabiat war, aber ich wusste mir einfach nicht mehr anders zu helfen. Hoffentlich hast du jetzt keine Angst vor mir!«

Jana schenkte mir ein verständnisvolles Lächeln. »Nein, ganz sicher nicht! Du bist immer so lieb, verständnisvoll und hilfsbereit. Wie sollte ich da Angst vor dir haben.« Ein schelmisches Lächeln stahl sich auf ihr Gesicht. »Außerdem kann ich inzwischen Rirado und ich kenne deine Schwachstelle«, worauf sie mich kurz kitzelte. »Ich bin also durchaus nicht wehrlos!«

»Stimmt!«, antwortete ich amüsiert und gab Jana einen Kuss. »Damals fiel es mir erstmals auf, dass es mich immer erregte, wenn sich unsere Mädchen für den Sportunterricht umzogen und manche von ihnen nur in Unterwäsche oder sogar nackt dastanden. Da hab' ich gemerkt, dass ich auf Mädchen stehe.«

Jana nickte verstehend. »Ging mir auch so! Aber nicht nur in der Umkleide, sondern auch im Schwimmbad fand ich die Mädchen immer interessanter als die Jungs.« Ich nickte bestätigend, weil ich es auch so erlebte. »Außerdem gefielen mir die Bikini-Mädchen in den Sommerkatalogen der Kaufhäuser auch immer sehr gut«, gestand Jana verlegen.

»So so! Du hast also heimlich Bikini-Mädchen in den Katalogen angeschaut!«, zog ich Jana auf, die kurz rot wurde und verschämt nickte. »In diesem Fall bevorzuge ich die Live-Version!« Ich drehte Jana auf den Rücken, kniete mich über ihre Hüfte, schob ihr Oberteil bis unter ihre Brüste und genoss ihren Anblick.

Jana schmunzelte und streckte sich der Länge nach aus. »Gefällt dir, was du siehst?«, fragte sie lächelnd, worauf ich so übertrieben heftig nickte, dass sie lachen musste.

Ein spitzbübisches Lächeln stahl sich auf mein Gesicht, während ich Janas nackten Oberkörper etwas zu sanft streichelte. Sie zog kichernd ihre Arme herunter und wand sich unter mir. »Echt praktisch, wenn das Bikini-Mädchen dann auch noch kitzelig ist!«, meinte ich, während ich sie genüsslich weiter kitzelte, jedoch nach kurzer Zeit aufhörte und anschließend ihren Oberkörper mit sanften Küssen überzog.

Jana streckte sich wieder aus und summte genießerisch. »Das ist schön! Bitte weitermachen!«

Ihre Bemerkung entlockte mir ein Lächeln, während ich ihrem Wunsch gerne nachkam. Etwas später richtete ich mich wieder auf. »Jetzt habe ich dich aber genug verwöhnt!«

Jana zog scheinbar enttäuscht eine Schnute. »Ooooch menno!« Dann blickte sie mich verführerisch an und räkelte sich. »Bist du sicher?«

Ihr Anblick war wirklich betörend, aber ich riss mich zusammen. »Leider ja, denn sonst kommen wir heute Nacht nicht zum Schlafen und können morgen dem Unterricht nicht folgen.«

»Macht nichts! Dann schlafen wir eben in der Schule!«, sagte Jana grinsend.

»Das könnte dir so passen!«, schimpfte ich in gespielter Empörung, senkte dann aber unsicher den Blick. »Oder bist du jetzt enttäuscht?«

Jana schüttelte mit liebevollem Lächeln den Kopf. »Nein, gar nicht!« Wieder sah sie mich schelmisch an. »Wollte dich nur verführen!«

»Wäre dir auch fast gelungen! Dafür verwöhn' ich dich am Wochenende. Versprochen!«, sagte ich mit Verschwörermiene.

»Klingt verlockend!«, meinte Jana schmunzelnd und zog ihr Oberteil wieder richtig an. Anschließend schmiegte sie sich an mich und wir schmusten noch eine Weile, bis uns der Schlaf mitnahm.

*

Einige Tage später, während der Winterferien, zog ich morgens den Rollladen hoch und blickte fasziniert auf die völlig veränderte Umgebung. Über Nacht war Schnee gefallen und hatte die Welt zu einer weiß glitzernden Wunderlandschaft gemacht! Paps hatte sich ein paar Tage freigenommen, weshalb wir uns nach dem Frühstück spontan zu einem Winterausflug entschlossen. So fuhren wir zu einem großen Park und machten eine Schneewanderung. Natürlich durfte eine ordentliche Schneeballschlacht nicht fehlen, wonach wir uns alle auf die weiße Pracht fallen ließen, um Schneeengel zu formen. Anschließend rauften Jana und ich noch mit Paps im Schnee, während Mama mit Ina herumalberte, bis wir alle ziemlich durchgefroren waren. Da tat ein Aufenthalt in einem Restaurant echt gut, wo wir uns wieder aufwärmten und ein leckeres Essen genossen. Nach dem Verdauungsspaziergang machten wir nochmals eine kurze Schneeballschlacht und fuhren dann wieder nach Hause, wo uns Mama mit leckerem Kuchen und heißem Tee verwöhnte. Abends kuschelten wir uns wieder auf dem Sofa zusammen und lauschten einem Konzert. Vor dem Zubettgehen bedankte sich Jana gerührt bei meinen Eltern für den schönen Tag, den sie sehr genossen hatte. Als sie später neben mir im Bett lag, erzählte sie von recht unangenehmen Erfahrungen.

»Früher hatte ich immer Angst vor dem Winter. Dann waren sie in der Schule immer besonders gemein zu mir! In der Pause haben

sie mich oft zu Boden geworfen und mein Gesicht in den Schnee gedrückt. Meist haben sie mich auch dabei festgehalten und mir dann ziemlich viel Schnee unter die Kleidung gestopft, wodurch meine ganzen Klamotten nass wurden, mit denen ich dann noch stundenlang in der Schule sitzen musste. Deswegen war ich in dieser Zeit auch oft erkältet!«

Ich nahm Jana in den Arm und streichelte sie sanft. »Tut mir echt leid, dass sie früher immer so fies zu dir waren«, sagte ich mitleidig.

»Ich war eben die Kleinste und Schwächste in der Klasse, und so immer ein beliebtes Opfer für die Streiche und Gemeinheiten der Mitschüler«, erklärte Jana. »Aber seit ich zu eurer Clique gehöre, ist diese Zeit zum Glück vorbei. Der Ausflug heute war auch sehr schön und ich habe zum ersten Mal Spaß im Schnee gehabt! So kann ich, dank euch, den Winter endlich genießen und muss keine Angst mehr vor dieser Jahreszeit haben!«

»Freut mich, dass wir dir helfen können«, sagte ich und schmiegte mich an Jana. »Und wenn es draußen jetzt so kalt ist, haben wir einen weiteren Grund, uns noch öfter ins Bett zu kuscheln«, sagte ich mit spitzbübischem Lächeln.

»Und was machen wir da?«, fragte Jana schmunzelnd.

Statt einer Antwort drehte ich mich auf den Rücken und zog Jana mit, so dass sie auf mir zu liegen kam. Dann schob ich meine Hände unter ihr Oberteil und streichelte ihren nackten Oberkörper. »Ganz schlimme Sachen!«, antwortete ich mit Verschwörermiene.

Jana kicherte vergnügt. »Du meinst, so ganz ohne Kleidung?«, worauf ich intensiv nickte. Darauf ließ sich meine Partnerin von mir genüsslich entkleiden, was sie dann auch mit mir machte. Es folgte eine Nacht voller Glück in einem Ozean aus wunderschönen Gefühlen und Zärtlichkeit, den wir erst am frühen Morgen verließen, um unsere Wonne im Traumland fortzusetzen.

*

Leider war ich in den folgenden Tagen etwas unvorsichtig, weshalb ich mir am Ferienende eine heftige Erkältung zuzog. Weil ich auch leichtes Fieber hatte, musste ich im Bett bleiben, während Jana zur Schule ging und alles Wichtige für mich notierte. Meine Eltern boten ihr an, solange ich krank war, das Gästezimmer zu beziehen, damit sie sich nicht ansteckte, aber Jana bestand darauf, weiter in unserem Zimmer zu wohnen, um mir beizustehen, wenn sich mein Zustand plötzlich in der Nacht verschlimmern sollte, was jedoch glücklicherweise nicht passierte. Sue wurde ebenfalls krank, so dass nur noch Jana und Pia zur Schule gingen. Pia ließ es sich nicht ausreden, Jana täglich zuhause abzuholen und sie nach der Schule bis zur Haustüre zu begleiten, solange ich krank war, denn Pia befürchtete, dass vielleicht einige boshafte Mitschüler die Situation ausnützten, Jana auflauerten und sie misshandelten, während sie alleine unterwegs war. Das wollte Pia auf jeden Fall verhindern! Jana war sehr gerührt von Pias Fürsorge und genoss die Begleitung ihres ‚Leibwächters'.

»Darf ich dir eine persönliche Frage stellen?«, sagte Jana eines Nachmittags auf dem Heimweg von der Schule.

»Klar!«, antwortete Pia gespannt.

»Du bist immer so nett zu Mio, Sayu Sue und mir. Vor allem, als ich damals im Krankenhaus war, hast du dich so lieb um mich gekümmert. Jetzt begleitest du mich auch jeden Tag auf dem Schulweg, damit ich nicht überfallen werde. Du bist ein total lieber Mensch, Pia...«, sagte Jana und stockte kurz, weil sie nicht weiter wusste.

»...und du wunderst dich wahrscheinlich, warum ich zu den anderen Leuten oft so hart und aggressiv bin«, vollendete Pia den Satz, worauf Jana etwas verlegen nickte.

»Ich will dir aber nicht zu nahe treten«, beeilte sich Jana zu sagen.

»Keine Sorge, das tust du nicht!«, meinte Pia beruhigend. Ihr Blick rückte in die Ferne. »Du wirst es kaum glauben, aber als kleines Mädchen war ich total schüchtern und ängstlich.« Jana sah Pia überrascht an. »Deshalb waren sie in der Schule oft voll fies zu mir. Es wurde immer schlimmer, bis ich eines Tages weinend nach Hause kam und mich weigerte, weiter zur Schule zu gehen, weil ich die Gemeinheiten einfach nicht mehr ertragen konnte! Da wurde es meinem Vater zu viel und er nahm mich mit in seinen Trainingsraum, wo er mir beibrachte, mich sowohl verbal als auch körperlich gegen die Mitschüler zu wehren. Das gab mir etwas Selbstvertrauen zurück und es half tatsächlich! Jetzt piesackten mich die Mitschüler nicht mehr so häufig. Ich bekam zwar manches Mal noch die Hucke voll, weshalb mich mein alter Herr schließlich in eine Kampfschule schickte, wo ich schnell recht erfolgreich war und mich immer besser zur Wehr setzen konnte. Seitdem traut sich keiner mehr, sich mit mir anzulegen oder gemein zu sein. Im Gegenteil! Auch wenn mich viele nicht mögen, lassen sie mich in Ruhe und respektieren mich sogar! Eigentlich will ich gar nicht so hart und aggressiv sein, aber diese Typen da draußen kapieren es einfach nicht anders! Schau dich doch selbst an. Wie oft waren sie früher gemein zu dir, haben dich gequält und erniedrigt! Erst seit du in unserer Clique bist, lassen sie dich in Ruhe und benehmen sich einigermaßen höflich. Außerdem hat Mio dir inzwischen sicher etwas von ihrer Kampfkunst beigebracht. Wie heiß die doch gleich? Ricardo, oder so ähnlich?«

Jana lachte auf. »Rirado«, verbesserte sie schmunzelnd. »Ja, das hat sie tatsächlich und es tut ganz gut, zu wissen, dass ich mich im Notfall jetzt auch wehren kann.«

»Na siehst du! So bin ich auch vom ängstlichen Mädchen zur Furie geworden! Behalt das aber bitte für dich, sonst bin ich meinen Ruf als unschlagbare Kämpferin los.«

»Mach ich!«, versprach Jana. »Trotzdem danke, dass du mich immer begleitest und beschützt!«

»Dafür sind große Schwestern schließlich da!«, polterte Pia halbernst.

»Stimmt!«, antwortete Jana und kicherte vergnügt. »Auch wenn du mich manchmal ärgerst!«

»Dafür sind kleine Schwestern da!«, belehrte Pia zwinkernd.

»Ach so!«, meinte Jana amüsiert.

»Genau dafür!«, sagte Pia, zog Jana zu sich und verstrubbelte ihr die Haare. »Hab dich lieb, kleine Schwester!«

»Hab ich dich auch, große Schwester!«, gab Jana schmunzelnd zurück, worauf sich die beiden Mädchen lachend umarmten und fröhlich scherzend ihren Weg fortsetzten.

*

Cindy und Joey hatten sich inzwischen gut eingelebt und der Schmerz über den Verlust des geliebten Vaters ebbte allmählich ab. Sayu und Steve kümmerten sich mit rührender Sorgfalt, viel Geduld und Verständnis um die beiden Kinder, die bei dem jungen Paar nun ein neues, liebevolles Zuhause hatten. Der kleine Joey wurde allmählich zu einem liebenswerten Frechdachs, während Cindy, die endlich einfach Kind sein durfte, durch die hingebungsvolle Fürsorge der neuen Eltern aufblühte und ihr Leben gänzlich genoss! Obwohl Sayu nur sechs Jahre älter als Cindy war, akzeptierten die Kinder sie als ihre neue Mutter und die vier waren inzwischen zu einer glücklichen Familie geworden.

*

So ging das Jahr zu Ende und mit dem neuen Jahr begannen auch die Abschlussprüfungen in der Schule, die sich über mehrere Wochen hinzogen und ziemlich stressig waren! Doch bald schon war auch diese schwere Zeit vorbei und wir alle fieberten den Prüfungsergebnissen entgegen. Als sie bekannt gegeben wurden, stellte sich heraus, dass alle Schüler unserer Klasse bestanden hatten! Nikki war sogar Klassenbeste, was sie mit großer Erleichterung zur Kenntnis nahm! Als Jeff uns dann auch noch zu einer großen

Abschlussparty in seinem Elternhaus einlud, war die Begeisterung groß! Paps fuhr Jana, Sue, Pia und mich zu der entsprechenden Adresse und versprach, uns auch wieder abzuholen, jedoch nicht ohne die halbernste Ermahnung, es nicht zu bunt zu treiben. Wir hatten an dem Abend viel Spaß, bis ich auf die Toilette musste, die im ersten Stock lag. Als ich den Gang entlang lief, wurde plötzlich eine Türe aufgerissen, worauf vier Jungs aus unserer Schulklasse mich packten und blitzschnell ins Zimmer zerrten. Bevor ich begriff, was passierte, lag ich rücklings auf dem Bett und zwei Jungs saßen auf meinen Armen, während die Türe abgeschlossen wurde! Dann zog einer der Jungs mit hämischem Grinsen mein T-Shirt hoch bis über den Kopf, so dass ich obenrum nur noch meinen BH trug. Zuerst nahm ich an, dass mich die Jungs nur durchkitzeln wollten, doch als dann auch noch mein BH über meine Brüste gezogen wurde und ich mit gänzlich nacktem Oberkörper da lag, hörte bei mir der Spaß auf! Während ich schimpfend versuchte, mich zu befreien, lachten die Jungs mich aus, weil mein Versuch kläglich scheiterte. Stattdessen begann ein Junge am Verschluss meiner Hose zu nesteln. Zum Glück war er ziemlich betrunken, und hatte große Schwierigkeiten, die Hose zu öffnen, was mir die Gelegenheit gab, ihn mit einem kräftigen Stoß meines Knies aus dem Gleichgewicht zu bringen. Der Junge fiel mit einem Aufschrei vom Bett und schlug mit dem Kopf auf den Boden, wo er wimmernd liegen blieb, worauf ihn die anderen Jungs wegen seiner Ungeschicklichkeit lallend verhöhnten. Der andere Junge, der zuvor die Türe abschloss, kniete sich neben mich und begann meine Hose zu öffnen. Ich versuchte, ihn ebenfalls mit meinen Knien zu treffen, aber der Junge war wohl nicht so betrunken, wie seine Kumpane und wich meinen Angriffen aus, weshalb mir nichts anderes übrig blieb, als zu schreien und um Hilfe zu rufen! Ein Junge, der auf meinem Arm saß, wollte mir den Mund zu heben, doch ich biss ihm in die Hand, die er mit einem schmerzhaften Aufschrei zurückzog, so dass ich mich weiter lautstark bemerkbar machte. Da wurde endlich die Türklinke mehrmals heruntergedrückt.

»Hey Mio, bist du da drin?« Das war Janas Stimme.

»Jana! Bitte hilf mir!«, rief ich so laut ich konnte.

»Hey, macht gefälligst die Türe auf!«, hörte ich Jana rufen.

»Verschwinde! Das hier geht dich nichts an!«, lallte einer der Jungs.

»Ihr sollt die Tür aufmachen!«, rief Jana noch energischer und schlug mehrmals mit der Faust auf das Holz.

»Verpiss dich endlich!«, rief der Junge, der neben mir saß und sich dann mit fiesem Grinsen mir wieder zuwandte.

»Was ist denn hier los?«, hörte ich Jeffs Stimme draußen. Gleich darauf wurde die Türe aufgeschlossen und der Junge stürmte mit meinen Freundinnen ins Zimmer.

»Sag mal, spinnt ihr!«, brüllte Jeff, als er die Szene sah.

»Lasst sofort Mio los!«, fauchte Pia außer sich, »oder ich prügel euch windelweich!« Die Jungs waren zuerst viel zu perplex, um zu reagieren. »Wird's bald!«, keifte Pia und hob drohend die Fäuste.

Die Drohung wirkte und die Jungs ließen mich los, worauf ich zu meinen Freundinnen rannte und meine Kleidung richtete, während mich die Mädchen schützend in die Mitte nahmen.

»Ihr habt sie wohl nicht mehr alle!«, brüllte Jeff außer sich. »Los, raus! Für euch ist die Party gelaufen. Das wird euch teuer zu stehen kommen, dafür werden ich und mein Vater sorgen!«

Die Jungs torkelten mit ängstlicher Miene zum Ausgang, wo Pia einem von ihnen noch einen Tritt in den Hintern verpasste. »Macht bloß, dass ihr wegkommt, sonst vergess' ich mich!«, knurrte Pia drohend.

Als Jeff die Haustüre schloss, sah er Mio entschuldigend an. »Tut mir leid, ich hatte echt keine Ahnung, dass die Jungs so etwas vorhatten!«

»Schon in Ordnung! Ich glaub dir, dass du nichts damit zu tun hattest«, antwortete ich versöhnlich.

»Keine Sorge, denen wird mein Vater die Hölle heiß machen, dafür werde ich sorgen! Die Jungs werden ihre gerechte Strafe bekommen!«, versicherte Jeff. »Ich schätze, du willst jetzt lieber nach Hause.« Ich nickte bestätigend. »Moment, ich bring' dir jemanden, der dich heimfährt.« Noch bevor ich widersprechen konnte, war Jeff davongeeilt und kehrte mit einem Jungen zurück, dessen Gesicht ich schon lange nicht mehr gesehen hatte. Als er mich sah, bekam er große Augen.

»Hey, Mio! Lange nicht gesehen!«

»Hallo Rick, freut mich, dich zu sehen!«, antwortete ich überrascht.

»Ihr beiden kennt euch?«, sagte Jeff verwundert.

»Allerdings!«, bestätigte Rick. »Schon seit der Mittelschule. Als ich dann weggezogen bin, habe ich dieses Anwaltsöhnchen kennengelernt«, erklärte Rick grinsend und deutete auf Jeff, der ihm einen strafenden Blick zuwarf, danach aber amüsiert lächelte.

»Verstehe«, antwortete ich schmunzelnd.

»Dann komm, ich fahr dich nach Hause«, sagte Rick und machte eine einladende Geste.

»Darf ich mitfahren?«, fragte Jana.

»Klar!«, stimmte Rick zu, worauf ich ihn mit Jana bekanntmachte.

Darauf verabschiedeten wir uns von Jeff und stiegen in Ricks Auto.

»Freut mich, dass ich dich endlich wiedersehe. Ist ganz schön lange her, seit wir uns das letzte Mal trafen«, sagte Rick, als er losfuhr.

Ich nickte zustimmend. »Freue mich auch, dich zu sehen. Wohnst du jetzt wieder hier?«

Rick schüttelte den Kopf. »Nein, aber als ich hörte, dass Jeff eine Party schmeißt, wollte ich unbedingt mit dabei sein! Ich werde heute Nacht bei ihm pennen und fahre morgen wieder zurück.«

»Ach so!«, bemerkte ich.

»Seid ihr zwei zusammen?«, fragte Rick nach kurzer Pause.

Ich nickte. »Jana und ich gehen miteinander.«

»Freut mich, dass ihr euch gefunden habt!«, sagte Rick fröhlich. Da erreichten wir schon unser Zuhause. »Darf ich Dich mal wieder treffen?«, fragte Rick, bevor wir ausstiegen.

»Gerne!«, antwortete ich, worauf wir kurz unsere Telefonnummern austauschten. Jana und ich bedankten uns für die Heimfahrt, dann winkten wir Rick noch bei seiner Abfahrt zu und gingen ins Haus. Natürlich waren meine Eltern über unsere frühe Rückkehr sehr verwundert und als ich ihnen erzählte, was sich auf der Party ereignete, auch ziemlich erschüttert! Wenigstens konnte ich sie dahingehend beruhigen, dass Jeffs Vater den Fall in die Hand nehmen und für eine angemessene Bestrafung der Jungs sorgen würde. Wir redeten noch kurz über den Vorfall und nach liebevollen Umarmungen und Streicheleinheiten meiner Eltern zogen Jana und ich uns zurück, wohl wissend, dass mein Vater und meine Mutter für mich da waren und ich bei ihnen jederzeit Halt, Trost und Unterstützung finden würde! In unserem Zimmer umarmte mich Jana und drückte mich liebevoll.

»Ach Mio, tut mir so leid, dass du das ertragen musstest! Hoffentlich haben sie dir nichts Schlimmes angetan!«

Ich umarmte Jana ebenfalls und gab ihr einen Kuss. »Brauchst keine Angst haben. Ihr seid rechtzeitig gekommen und habt Schlimmeres verhindert!«

»Zum Glück!«, sagte Jana und drückte mich ganz fest. »Ich will gar nicht erst daran denken, was sonst passiert wäre...« Janas Stimme brach und sie hatte Tränen in den Augen. »Wie konnten die nur so gemein sein!«, flüsterte meine Partnerin verzweifelt.

Wir hielten uns beide eng umschlungen fest. Auch mir lief es bei dem Gedanken, was die Jungs mir angetan hätten, kalt den Rücken herunter!

»Ich werde in Zukunft noch besser auf dich aufpassen, damit so etwas nicht nochmals passiert, das versprech ich dir! Und ich werde auf jeden Fall mithelfen, dass die Jungs ihre verdiente Strafe bekommen! Niemand darf jemals wieder so gemein zu meiner lieben Mio sein, dafür werde ich sorgen!«, sagte Jana entschlossen.

Ich war gerührt von Janas Hilfsbereitschaft! »Danke, das ist echt lieb von dir! Auch ich werde in Zukunft noch besser auf dich aufpassen!«, versprach ich.

So lagen wir uns eine Weile in den Armen, bis wir kurze Zeit später im Bett aneinander gekuschelt Zärtlichkeiten austauschten. Janas Nähe, ihre Wärme, ihr sanftes Streicheln taten so gut, dass ich schließlich doch einschlief. Trotzdem erlebte ich im Traum noch einmal die Szene auf der Party. Doch diesmal kam niemand und rettete mich, bis ich schließlich splitternackt und völlig wehrlos auf dem Bett lag, während sich einer der Jungs ohne Hose zwischen meine Beine schob und dabei diabolisch grinste! Dann fühlte ich nur noch einen entsetzlichen Schmerz im Unterleib, durch den ich schreiend erwachte! Ich ruckte nach oben und sah mich panisch um, während ich kerzengerade im Bett saß! Mein Herz raste und ich zitterte am ganzen Körper! Da machte jemand das Licht an und ich begriff allmählich, dass alles nur ein böser Traum war und ich in der Sicherheit meines eigenen Bettes erwacht war. Jana nahm mich in den Arm, redete beruhigend auf mich ein und streichelte mich, worauf im nächsten Moment meine Eltern erschrocken eintraten! Mama setzte sich zu mir ans Bett und streichelte meine Hand, während Paps meinen Kopf streichelte. So lange ich allmählich wieder zu mir kam, stand plötzlich sogar meine kleine Schwester verschlafen in der Tür.

»Was ist denn los? Wer hat denn da geschrien?«, fragte Ina verwirrt und lief zu unserer Mutter, die sie auf den Schoß nahm.

»Mio hatte einen bösen Traum«, erklärte Mama.

»Warum denn?«, wollte Ina wissen.

»Ein paar Jungs waren heute Abend ganz schön gemein zu Mio«, antwortete meine Mutter.

»Das dürfen die doch gar nicht! Dann musst du sie ganz doll verhauen!«, sagte Ina zu mir, was mir ein Lächeln entlockte.

»Das mache ich«, versprach ich Ina und streichelte ihre Wange.

»Soll ich dir meinen Teddy leihen, damit er heute Nacht auf dich aufpasst und du keine Angst mehr haben musst?«

In ihrer Güte und Liebenswürdigkeit war meine kleine Schwester einfach rührend! »Danke, das ist total lieb von dir, aber Jana ist da und beschützt mich«, versicherte ich.

»Dann musst du ganz gut auf Mio aufpassen!«, sagte Ina mahnend zu Jana.

»Mach ich!«, versprach Jana lächelnd und drückte Inas kleine Hand.

Wir saßen noch kurz zusammen, bis ich mich wieder gänzlich beruhigt hatte, dann gingen alle wieder zu Bett. Wieder einmal war ich froh, in so einer lieben und verständnisvollen Familie leben zu dürfen.

»Keine Sorge, kannst beruhigt einschlafen! Wie ich Ina versprochen habe, passe ich gut auf dich auf!«, sagte Jana schmunzelnd, umarmte mich, gab mir einen Kuss und schmiegte sich an mich.

»Ach Jana, du bist wirklich ein Engel!«, antwortete ich gerührt und gab ihr auch einen Kuss. Darauf streichelte sie mich sanft und gab mir die nötige Wärme und Geborgenheit, die ich im Moment so sehr brauchte! Wieder tat es so gut, in ihren Armen zu liegen, ihre Nähe und ihre zärtlichen Berührungen zu spüren, die mich weiter beruhigten, bis ich endlich in einen ruhigen, traumlosen Schlaf fiel.

*

Am nächsten Vormittag besuchten mich Pia und Sue, weil sie sich Sorgen um mich machten. Dieser Besuch war noch recht angenehm. Doch als mich nachmittags Jeffs Vater aufsuchte und mich behutsam befragte, was sich letzten Abend zugetragen hatte, durchlebte ich im Geiste alles noch einmal! Nachdem er auch Jana bat, ihre Erfahrungen zu schildern, rief er anschließend auch meine Eltern dazu, um uns die Situation zu erklären, die sehr ernst war! Die Jungs hatten sich der Freiheitsberaubung, Körperverletzung und versuchten Vergewaltigung schuldig gemacht! Aufgrund ihres Alters waren sie voll schuldfähig! Höchstens ihre Trunkenheit konnte das noch etwas abmildern. Jeffs Vater würde eine entsprechende Anklage verfassen und warnte mich gleich vor, dass ich vor Gericht aussagen musste, genauso wie Jana, Pia Sue und Jeff als Zeugen vorgeladen würden! Dazu sicherte er mir jedoch eine Betreuung durch eine Psychologin zu, die mich während des ganzen Prozesses begleiten und unterstützen sollte. Wir bedankten uns bei Jeffs Vater für seine Hilfe. Nachdem er gegangen war, saßen wir alle geschockt beisammen, weil die Geschichte so einen ernsten Verlauf nahm! Natürlich versicherten meine Eltern Jana und mir jegliche Unterstützung zu, was uns erst einmal beruhigte. Einige Tage später besuchte uns die Psychologin, eine sehr freundliche, kompetente Frau mittleren Alters, sprach mit mir sehr behutsam über meinen Zustand und meine Gefühle, worauf sie anschließend mit meiner Familie das weitere Vorgehen besprach. Ich hatte zuerst gedacht, dass ich keine Betreuung brauchte, doch nun war nicht nur ich dankbar für ihre Hilfe und Unterstützung in diesem Prozess, der sich über mehrere Monate hinzog, bis endlich die Gerichtsverhandlung war. Gut vorbereitet durch die Psychologin machten Jana und ich unsere Aussagen, ebenso wie Pia, Sue und Jeff. Um den Jungs nicht gleich vollständig ihre Zukunft zu ruinieren, wurden sie zu einem längeren Aufenthalt in einem Institut für Erststraffällige verurteilt. Dies hatte Jeffs Vater zuvor mit uns und dem Richter vereinbart, damit nach der Verbüßung der Strafe keine Vorbestrafung vorlag. Der Institutsleiter und seine Mannschaft hatten schon so manchen Jugendlichen mit Strenge, aber auch Güte wieder auf den richtigen Weg gebracht, was wir nun auch für unsere Mitschüler hofften. Der Richter hielt den Jungs noch eine sehr ernste Strafpredigt und machte ihnen nochmals die Ernsthaftigkeit ihres Verbrechens klar, worauf sich die Jugendlichen bei mir entschuldigten, bevor sie abgeführt wurden. Ich erfuhr erst viel später, dass es sich bei dem Vorfall auf der Party um einen verspäteten Racheakt des Jungen handelte, der einst im Park über mich herfallen wollte, wonach ich ihn verprügelte. Er hatte die Jungs in meiner Klasse zu ihrer Tat angestiftet, wofür sie nun einen hohen Preis bezahlten! Dieses erschreckende Erlebnis verfolgte mich aber auch noch lange, und während die anderen Schüler mit Freude auf ihren Schulabschluss zurücksahen, war für mich diese Zeit stets von der versuchten Vergewaltigung und den Folgen überschattet!

*

In der Zwischenzeit erlebten wir zum Glück größtenteils angenehme Vorgänge. Die Abschlussfeier an der Schule war ziemlich emotional! Wussten wir ehemaligen Schüler doch, dass nun eine ganz neue Phase unseres Lebens begann, was auch manchmal bedeutete, geliebte Freunde entweder nur noch selten zu sehen oder sogar ganz zu verlieren! Vielfach wurde das Versprechen gegeben, auch weiterhin möglichst in Kontakt zu bleiben, doch ob dies möglich war, musste die Zukunft zeigen.

*

Einige Tage nach der Abschlussfeier erlebte ich nach dem Abendessen eine Überraschung. Jana stand bei meiner Mutter und sprach leise mit ihr, dann kam sie auf mich zu, ging vor mir auf die Knie und hielt mir eine kleine Box mit zwei Ringen unter die Nase.

»Mio, bitte heirate mich!«, sagte Jana mit strahlenden Augen.

Ich dachte zuerst an einen Scherz, doch als meine Mutter Freudentränen in den Augen hatte und auch mein Vater übers ganze Gesicht strahlte, wurde mir schnell klar, wie ernst die Bitte gemeint war! Ich schluckte heftig, während auch meine Augen feucht wurden. Dann ging ich ebenfalls auf die Knie und umarmte Jana freudig. »Natürlich heirate ich dich!« Danach versagte mir die Stimme und wir lagen uns überglücklich in den Armen. Später steckten wir uns die Ringe an und feierten mit meinen Eltern und Ina unsere Verlobung! Die Freundinnen waren total erfreut über Janas Antrag, und Pia hätte am liebsten eine rauschende Party arrangiert, jedoch wollten Jana und ich nur im kleinen Kreis heiraten. So begannen wir alsbald mit den Hochzeitsvorbereitungen und einige Zeit später fand die Trauung statt, an die wir uns immer wieder gerne erinnerten. Eine Hochzeitsreise unternahmen wir nicht, denn ich musste mich um einen Studienplatz bemühen und Jana nahm kurze Zeit später ihre Arbeit bei der Anime-Firma auf. Der Firmenchef hielt Wort und stellte Jana ein, wodurch meine Partnerin nun nicht mehr in Clives Garküche arbeiten konnte, was alle dort sehr bedauerten. So fand Jana eine angenehme Arbeit, die ihr Spaß machte und wo ihr großes zeichnerisches Talent voll zur Geltung kam, während ich mich einige Wochen später bei einer Universität einschrieb und mein Architektur-Studium begann. Im Laufe meiner Studienzeit wohnten Jana und ich weiterhin bei meinen Eltern. In dieser Zeit half mir das große Wissen meines Vaters sehr, die vielfältigen Anforderungen des Studiums zu meistern. Jana machte bei ihrer Arbeit schnell Fortschritte und übernahm bald komplexere Aufgaben in der Anime-Firma. Das Arbeitsklima war angenehm, trotz der hohen Anforderungen, weshalb meine Partnerin ihre Arbeit weiterhin genoss, auch wenn die engen Terminpläne oft Überstunden verursachten. So kehrte in unser Leben bald wieder eine gewisse Routine ein, wie wir sie früher, aus unserer Schulzeit, bereits kannten.

*

Steve übernahm inzwischen die Werkstatt seines Vaters, wodurch er zwar weniger Zeit mit Sayu, Cindy und Joey verbringen konnte, jedoch verbesserte er damit die finanzielle Situation der Familie. Sue bekam einen guten Job in einer Weltraumorganisation, wo sie aufgrund ihres großen Wissens und ihrer Intelligenz schnell aufstieg. Pia wurde Lehrerin in einer Kampfschule. Aufgrund ihres großen Könnens machte sie der Besitzer sogar zum Teilhaber! Jeffs Vater kaufte seinem Sohn nach der Schule eine geräumige Wohnung, in die Jeff kurze Zeit später mit Nikki einzog. Sie fand rasch eine Stellung als Software-Entwickler und verdiente genug Geld, um beide zu versorgen, bis Jeff sein Jurastudium erfolgreich beendete. Der junge Mann wurde danach in die Anwaltskanzlei seines Vaters aufgenommen, wo er heute noch arbeitet. Nikki brach den Kontakt zu ihrem Vater vollständig ab, nachdem sie bei Jeff eingezogen war. Er sah seine Tochter nie wieder!

*

Nachdem ich mein Studium erfolgreich abgeschlossen hatte, übernahm mich mein Vater in sein Architekturbüro, wo ich noch vieles dazulernte und bald erste Aufträge erledigen konnte. Jana machte weitere Fortschritte in der Anime-Firma und hatte viel Freude an ihrer Arbeit. In dieser Zeit überraschten uns meine Eltern mit einem tollen Geschenk: Sie hatten Jana und mir ein Haus gekauft! Natürlich fuhren wir gleich hin und betrachteten

unser zukünftiges neues Zuhause. Selbstverständlich hatte mein Vater das Gebäude entworfen, weshalb die Wohnung in bester Lage, angenehm groß und hell war! Meine Partnerin und ich konnten es kaum fassen, bedankten uns schließlich begeistert bei meinen Eltern, die uns damit eine weitere große Unterstützung für den Start in ein neues Leben gaben! Die anschließenden Wochenenden waren mit zahlreichen Besorgungen für die Einrichtung unserer neuen Wohnung ausgefüllt, wobei meine Eltern uns sehr unterstützten! Zwar waren wir uns nicht immer einig und es gab natürlich auch die eine oder andere Diskussion, doch fanden wir immer eine sinnvolle Lösung, womit alle zufrieden waren. Omas großzügige finanzielle Spende war auch sehr hilfreich und gab uns die Möglichkeit, die hohen Kosten problemlos zu meistern. Nachdem alles besorgt und ein-gerichtet war, blieb sogar noch eine größere Geldsumme übrig, die Jana und mir später sicher über einige Hürden hinweg helfen würde.

*

So kam eines Tages der unvermeidliche Moment des Auszugs aus dem geliebten Elternhaus und der Beginn eines neuen, hoffentlich selbstbestimmten Lebens! Ich gebe zu, dass mir ziemlich mulmig zumute war, obwohl ich weiterhin der Unterstützung durch meine Eltern gewiss sein konnte. Auch Jana war mir eine große Hilfe, die den Schritt in die Selbständigkeit schon einige Jahre zuvor durchlebte, jedoch ohne jegliche Unterstützung durch ihre Eltern! Obwohl es ein fröhlicher Umzug war, zögerte ich den Moment des Abschieds von meinen Eltern und meiner kleinen Schwester möglichst lange hinaus, doch irgendwann kam der Moment, wo wir uns herzlich voneinander trennten. Ina war inzwischen zu einem Teenager herangewachsen und sah mich mit großen, feuchten, traurigen Augen an.

»Oh nein! Bitte nicht weinen, sonst fang ich auch noch an zu heulen!«, bat ich sie und nahm meine Schwester in den Arm. »Wir sind doch keine Weltreise voneinander entfernt, nur ein paar Straßen.«

»Kommst du uns wenigstens mal besuchen?«, fragte Ina mit rauer Stimme.

»Aber natürlich!«, versicherte ich gerührt. »Du darfst uns auch jederzeit besuchen. Ist doch gar keine Frage!« Ich drückte Ina liebevoll und streichelte über ihre Wange. »Bin immer für dich da, Schwesterchen!« Sie sah mich ergriffen an und umarmte mich nochmals. Dann verabschiedete sie sich auch herzlich von Jana, bevor sie mit einem letzten Winken zum Auto lief. Ich schloss die Haustüre und ging mit Jana ins Wohnzimmer unseres neuen Hauses, wo ich mich etwas traurig aufs Sofa setzte und mir ein wenig verloren vorkam.

Jana setzte sich zu mir und nahm mich in den Arm. »Hey, wir schaffen das schon!«, sagte sie aufmunternd und streichelte mir über den Kopf. Ich sah sie skeptisch an, aber Jana schenkte mir ein liebevolles Lächeln. Dann stand sie auf und wenige Momente später flog mir ein Kissen ins Gesicht. Ich sah Jana überrascht an, die mich herausfordernd angrinste. Ich warf ihr zuerst einen amüsierten Blick zu und dann ein Kissen, worauf sich schnell eine Kissenschlacht zwischen uns entwickelte, die sich längere Zeit hinzog bis wir beide schließlich lachend nebeneinander saßen. »Hier dürfen wir ja so laut sein wie wir wollen!«, rief Jana begeistert. »Auch beim Sex«, flüsterte sie mir dann ins Ohr, zwinkerte mit Verschwörermiene und zog mich ins Schlafzimmer.

*

Joshua stand nach der Rückkehr in Mios und Janas Zimmer, wo er sich ein wenig traurig umsah. Mira legte einen Arm um ihn und sah ihn liebevoll an.

»Nun sind unsere beiden großen Mädchen tatsächlich flügge geworden und stehen ab jetzt auf eigenen Füßen«, sagte Joshua teils erfreut, teils betrübt. »Wenn ich das leere Zimmer sehe und dran denke, dass sie ab jetzt nicht mehr ständig bei uns sind...« Er schluckte heftig.

Mira umarmte ihn sanft und sah ihn gerührt an. »Ich vermisse sie ja auch schon«, gab sie zu. »Man kann sich wohl noch so sehr auf diesen Moment vorbereiten, aber wenn er gekommen ist, fällt es doch schwer, ihn zu ertragen! Ich meine jedoch, wir haben den beiden den besten Start gegeben.«

»Das hoffe ich auch!«, antwortete Joshua leise.

»Wir haben ja noch eine Tochter, um die wir uns kümmern müssen.«

»Hmmm!«, summte Joshua. »Noch so ein cooler Teenager, für den wir bald auch voll peinlich und total uncool sind!«, sagte Joshua in komischer Verzweiflung, was seine Frau zum Lachen brachte.

»Dann müssen wir zwei eben genauso cool werden«, sagte Mira verschmitzt.

»Geht klar, Puppe«, raunte Joshua grinsend. »Siehst heute wieder echt voll scharf aus!«

»Also Josh!«, polterte Mira scheinbar empört und lachte.

*

Am folgenden Wochenende gaben Jana und ich eine Einweihungsparty für unsere Freundinnen. Jeff, Steve, Cindy, Joey und sogar Rick waren ebenfalls mit von der Partie. Jana, die inzwischen recht gut kochen konnte, bereitete ein leckeres Essen zu, während ich den Nachtisch herstellte. Nach dem Essen half Pia beim Abräumen. Als wir gerade alleine in der Küche standen, fragte sie, woher ich Rick kannte.

»Er war in der Mittelschule Schüler in meiner Klasse. Wir haben uns rasch angefreundet und er war total nett und freundlich zu mir. Irgendwann waren wir uns fast so nahe wie Geschwister. Zum Ende der Mittelschule hat er sich dann in mich verliebt. Zu dem Zeitpunkt wusste ich aber schon, dass ich nur auf Mädchen stehe und hab' es Rick gestanden. Der war zwar etwas enttäuscht, doch er war damit einverstanden, dass wir weiterhin gute Freunde bleiben. Nach einer Party habe ich einmal bei ihm übernachtet und am nächsten Morgen haben wir sogar miteinander geduscht, weil wir beide wissen wollten, ob da nicht vielleicht doch mehr zwischen uns möglich ist. Die meiste Zeit haben wir nur rumgealbert und ein bisschen miteinander geschmust, aber mehr war für mich einfach nicht drin, was ich ehrlich bedauerte, weil Rick wirklich ein feiner Kerl ist. Er hat's akzeptiert und wir sind weiterhin enge Freunde geblieben. Etwas später musste er dann wegziehen, weil sein Vater eine neue Stellung in einer anderen Stadt bekam. Wir waren beide ziemlich traurig, als wir uns trennen mussten. Danach hatten wir noch längere Zeit Briefkontakt, aber der wurde allmählich immer weniger, weshalb ich mich echt freute, als ich ihn auf Jeffs Party wieder traf. Die alte Vertrautheit ist immer noch da und wir mögen uns immer noch so wie früher. Daran hat auch meine Beziehung mit Jana nichts geändert und Jana hat auch kein Problem damit. Wie du jetzt weißt, ist er der einzige Junge, der mich jemals nackt gesehen hat, und mit dem ich geduscht habe.«, bemerkte ich zwinkernd.

»Skandalös!«, polterte Pia schmunzelnd. »Schade, dass Rick nicht hier wohnt, sonst hätte ich mich an ihn ran gemacht«, sagte Pia halbernst.

»Du meinst, du hättest hier mit ihm geduscht?«, fragte ich scherzhaft.

»Auf jeden Fall!«, antwortete Pia im Brustton der Überzeugung, was mich zum Lachen brachte. Wir verbrachten alle einen fröhlichen

Abend und trafen uns auch weiterhin so oft es ging, was Jana und mich sehr freute. Dadurch konnten wir sicher sein, dass unsere Freundschaft auch weiterhin erhalten blieb! Es war ein schönes Gefühl, zu wissen, dass jeder seinen Platz im Leben gefunden hatte und mancher sogar den richtigen Partner! Nur Ina hatte nicht so viel Glück. Sie geriet an die falschen Freunde und wäre beinahe in die Drogenszene abgerutscht! Meine Eltern bemerkten zuerst nichts, bis Ina eines Abends völlig zugedröhnt von einer Party nach Hause kam. In der Nacht ging es ihr immer schlechter bis meine Eltern notgedrungen den Krankenwagen riefen, der meine kleine Schwester mit Blaulicht und dröhnenden Sirenen ins Kranken-haus fuhr. Mein Vater raste unter Umgehung sämtlicher Verkehrs-regeln hinterher. Obwohl Ina mehr tot als lebendig im Hospital ankam, schafften es die Ärzte, nach stundenlangem Kampf sie dem Sensenmann zu entreißen und wieder ins Leben zurück-zuholen! Doch noch war Ina nicht außer Gefahr, aber meine kleine Schwester hing am Leben und ihr kleines, kräftiges Herz wollte jetzt noch nicht aufhören zu schlagen, weshalb sie diese Zeit über-lebte, bis sie endlich außer Lebensgefahr war! Es dauerte lange, bis sich Ina von der schweren Vergiftung erholte, doch zum Glück blieben keine Schäden zurück und meine Schwester wurde wieder ganz gesund! Dieses schreckliche Erlebnis öffnete ihr die Augen! Ina sagte sich von all ihren falschen Freunden los und nahm nie wieder Drogen! Inzwischen ist sie vollständig genesen und wir hoffen alle, dass sie zukünftig ein angenehmes Leben führen und genauso glücklich wird, wie ich mit Jana!

Danksagung

Mein Dank gilt vor allem meinem langjährigen Freund und Kollegen Ralf, der stets ein geduldiger Zuhörer und Ratgeber und Korrektor war! Seine zahlreichen guten Ideen und Vorschläge waren mir eine sehr große Hilfe!
Auch bei meiner Frau möchte ich mich bedanken. Ohne ihre ständige Unterstützung wäre dieses Projekt nicht möglich gewesen!

Michael Kerawalla wurde 1963 in Indien geboren und migrierte als Kind nach Deutschland. Er ist Diplom-Biologe und hat mehrere Jahre als Organisations-Programmierer gearbeitet. Nach dem Verlust des Arbeitsplatzes folgte er seiner Berufung als Autor und hat im Oktober 2006 seinen ersten Fantasy-Roman mit dem Titel „Stein der Finsternis" veröffentlicht. Im Jahr 2011 folgte sein zweiter Fantasy-Roman mit dem Titel „Turoon". Inzwischen sind weitere Fantasy- und Science-Fiction-Romane von ihm erschienen.
Michael Kerawalla lebt heute zusammen mit seiner Frau in der Nähe von Stuttgart.

Von Michael Kerawalla sind bisher folgende Bücher erschienen:

Fantasy:

Wuun-Reihe*:

Eine Fantasy-Romanreihe über die idyllische Welt Wuun und deren Bewohner, die immer wieder von dunklen Mächten bedroht und von diesen oft genug an den Rand ihrer Existenz gebracht werden.

> **Titel:**
> Stein der Finsternis (leider vergriffen)
> Turoon – Der Ozean-Planet   (auch als englische Ausgabe:
>   Turoon – The Ocean Planet)

Jibby-Reihe*:

Eine Fantasy-Romanreihe über die Abenteuer einer einstmals misshandelten Elfe und ihrem menschlichen Partner.

> **Titel:**
> Die einsame Elfe

Science-Fiction:

Homoroid-Reihe**:

Eine dystopische Science-Fiction Romanreihe über ein Mädchen mit künstlicher Intelligenz in einer postapokalyptischen Welt.

Titel:
Timuris Auftrag

GemAI-Reihe**:

Eine Science-Fiction Romanreihe über gütige künstliche Intelligenzen, die von den Menschen großes Leid erfahren.

Titel:
Die missachteten Engel

Mädchen:

Mio-Jana-Reihe**:

Eine dramatische, bittersüße Girls-Love Geschichte um zwei siebzehnjährige Mädchen und ihr harter Kampf ums Überleben, um ihre Liebe und ihre Zukunft.

Titel:
Immense Liebe und Angst (illustriert)
Gefahr, Erlösung und neue Wege (illustriert)

Weitere Bände der einzelnen Reihen sind in Vorbereitung. Alle Bücher sind auch als E-Book erhältlich.

* Die Bände der Reihe sind in sich abgeschlossen und können unabhängig voneinander gelesen werden.

** Die Bände der Reihe bauen aufeinander auf.

Kurzgeschichten:

Zusammen mit dem Autor Ralf Neubohn sind folgende Kurzgeschichten-Bände erschienen:

Titel:
Im Tal der Autoren
Flammenfeder live von der Gartenschau
Die Gartenschau im Rampenlicht
Galaabend für die Gartenschau
Herzlich willkommen Gartenschau
Gartenschau Phantasie
Abschiedsvorstellung für die Gartenschau
Gartenschau Magie
Weihnachten mit dem Literarischen Kleeblatt
Auf der Suche nach dem verlorenen Osterei
Das Comeback des geheimnisvollen Alpakas
Premieren-Abend mit Alpaka und Phönix
Geheimnisvolle Banshee

FSC
www.fsc.org
MIX
Papier | Fördert
gute Waldnutzung
FSC® C083411

Zeitfracht Medien GmbH
Ferdinand-Jühlke-Straße 7
99095 Erfurt, Deutschland
produktsicherheit@kolibri360.de